諸國名所百景
尾州名古屋眞景

图书在版编目（CIP）数据

颚十郎捕物帐（上册）/[日]久生十兰著；孙劼译. —重庆：重庆出版社，2015.9
ISBN 978-7-229-10103-9

Ⅰ.①颚… Ⅱ.①久…②孙… Ⅲ.①推理小说—小说集—日本—现代 Ⅳ.①I313.45

中国版本图书馆CIP数据核字(2015)第122578号

颚十郎捕物帐（上册）
ESHILANG BUWU ZHANG (SHANG CE)

[日]久生十兰 著 孙劼 译

出 版 人：罗小卫
责任编辑：陶志宏 何 晶
责任校对：刘小燕
装帧设计：回归线视觉传达

重庆出版集团
重庆出版社 出版

重庆市南岸区南滨路162号1幢 邮政编码：400061 http://www.cqph.com
北京海纳百川旭彩印务有限公司制版
北京海纳百川旭彩印务有限公司印刷
重庆出版集团图书发行有限公司发行
E‑MAIL:fxchu@cqph.com 邮购电话:023‑61520646
全国新华书店经销

开本：880mm×1230mm 1/32 印张：8.75 字数：155千
2015年9月第1版 2015年9月第1版第1次印刷
ISBN 978-7-229-10103-9

定价：29.00元

如有印装质量问题，请向本集团图书发行有限公司调换：023‑61520678

版权所有　侵权必究

目　录

舍公方…………………………………………001

稻荷使者………………………………………031

蛎鹬……………………………………………055

镰鼬风魔………………………………………079

老　鼠…………………………………………099

第三人…………………………………………117

纸　鸢…………………………………………137

贡　冰…………………………………………171

丹顶鹤…………………………………………201

乞丐大名………………………………………223

御代参的轿子…………………………………247

舍公方

全合成

不知森

十月中旬,秋色深深。

一个浪人晃晃悠悠走来。他身披一件旧黑色羽二重料裕袢,里面没穿内衬,腰挂两柄刀鞘斑驳的日本刀,脚蹬一对粗稻草鞋。街上的尘土随着他的经过扬起,看他那悠闲劲儿就像是要去澡堂。这地方是船桥街道,就在八幡的不知森地区附近。

这仙波阿古十郎生来就是无拘无束的浪荡子。都二十八了,却一事无成,整日在下人住的长屋里与杂役马夫们厮混。叔父庄兵卫曾买官让他去甲府做勤番①,可甲府到处是山,了然无趣。勤番众的名号听着固然威风,奈何德川氏末世将至,来此当班的尽是些在江户混不下去的旗本武士家的次男三男。这些个混球武士,对端呗小曲②和河东节净琉璃精通得很,却连刀锋刀背都分不清楚。

要说混,十郎也不比他们好多少,可那些混球武士轻浮碍眼,让人忍无可忍。他实在厌烦,溜出甲府翻过笹子峠打算回江户。结果半道变卦,拐去了上总。半年间,他辗转在木更津、富冈等地的望族家借宿度日,随后突然又念起江户来。前天刚从富冈出发。这次大概能顺利回到江户了。

---
① 负责管理甲府城之粮草、武器的守卫人员。
② 民间传唱的一种江湖小呗,曲中人物性格鲜明,别具特色。

十郎将两手插在怀中,任由空袖管随风摇摆,沿着不知森缓缓向前。突然,从昏暗的森林中传来招呼声:

"武士大人,武士大人……"

这林子不深,可相传进去会受诅咒,所以当地村民自然不会进出,旅人们也纷纷绕道而行。

因为人迹罕至,林中落叶堆得老高,天还没黑就能听到阵阵枭鸣。

仙波阿古十郎自觉已彻底抛弃武士一职,何况此际身穿旧袷,脚踏粗稻草鞋,怎么看都没有武士的样子,便当对方是呼唤别人,继续赶路。

"那边的武士大人,有事相求,还请留步……"

这句话怎么听都是对自己说的,十郎停下脚步,不耐烦地扭头应道:"嗯?"

他那时的表情十分奇异,真不知怎么做才能摆出如此奇怪的表情。

相传诸葛孔明脸长一尺二寸,十郎的脸也不逊色。

他的眼鼻口都往额头挤,在上方胡乱拧作一团,留下个硕大的下巴,就好像夕颜花架上的夕颜花,挂在下边。嘴唇往下快有四寸长,脸的面积一半以上分给了下巴。这下巴尖一些也就罢了,十郎的下巴越往下长反而越肥大,一点掩饰的余地都没有。

十郎长着这么个又长又大的下巴,还走路带风大步流星,众人的眼睛自然没法往别处搁。在甲府勤番众中,背地里没一个人管他叫阿古十郎,都叫他"下巴"或者"下巴十"。

当然,当面没人敢这么叫他。有个一同当班的,只因在阿古十郎面前有意无意地挠了挠自己的下巴,被十郎抽刀就斩,差点送了性命。

还有个人,下巴上贴着膏药走过阿古十郎面前,结果被十郎揪着领子拖出老远,最后丢进水沟,吃尽苦头。在阿古十郎面前,别说下巴这词,就连能让人联想到下巴的动作都是忌讳。

十郎扭过长相如此奇异的脸,往森林的树木间一看,只见在"八幡之座"爬满青苔的石头小祠边坐着一个如枯木般消瘦的云水僧。他年近八旬,下巴上的胡须又白又长,好像拂尘,正半闭着眼睛寂然地在落叶上坐禅。

阿古十郎踏着落叶进林,站定后从怀中抽出手来,捏着肥大的下巴问道:"师父,刚刚是您喊我?"

"对,正是正是……"

"嘿嘿,您真爱挖苦人。我这样哪里像武士了?"

"此话怎讲?"

"我不是当武士的料,充其量把武士二字改两笔,算是个风狂僧①吧。"

"何苦这么讲?"

"所谓业障,大抵都是这样。倒是您在这种地方打坐,小心着寒引发疝气。到底是要发什么心愿,让您在这里久坐不起?"

"贫僧是在等你。"

"我?这可真让人吃惊。我生性疯癫,兴致一来看风往哪儿

---

① 将"武家"(ぶけ)去掉浊音后的"普化"(ふけ)就是风狂僧。禅宗本以"风狂"指僧人的破戒之举,后则形容大彻大悟、不受拘束的悟道境界。

吹就往哪儿走，往西往东都没准。今天这双脚会往哪儿走，我本人尚且不知，您又怎会知道我要由此路过？"

老和尚捋了捋长长的胡子，道："你本月今日申时途经此地，是生前便有的约定，正所谓宿缘难逆。"

"是嘛。"

"贫僧从上月十七日便来此斋戒等你。从我在这里坐下，今天正好是第二十一天，乃满愿之日。一切皆是佛缘，不可小觑。"老和尚说罢猛地瞪大眼睛，凝望着阿古十郎的脸，喃喃道，"究竟如何呢……"

他的眼睛可谓善目，眸子里却透出激昂光芒，贯穿十郎的眼睛。十郎向来处变不惊，此际也觉得这目光太过耀眼，难以回视。他禁不住别过头道："师父，您的眼睛可了不得。实在太亮了，请往别处看吧。"

老和尚满意地颔首道："原来如此，越看越觉得是贤达之相。睡凤眼底透白光，谓之'遇变不眊'——这是万里挑一的异相。你天庭有清明之色，地府存敦厚之息，实为稀世异才，诚不枉贫僧在此恭候。"

十郎被夸得害了羞，搔了搔后脖颈道："多谢……承蒙夸奖，这话真是过奖了。我生来就是个木头，干什么都不成事。这次本负责押送甲府的钱款去江户，可走到半路突然感到厌烦，便在笹子峠丢下驮钱的马，跑去上总玩了一圈，才不是什么贤达之才。"说着，他慢慢向前躬了躬身，"不过这世上没人受了夸奖还生气。我知道您是奉承我，可还是想问一句，您说您二十一天不吃不喝在这里等我，到底所为何事？"

"实不相瞒,贫僧有一难事相求。"

"您尽管说。我虽没钱,却有的是闲。就算是承蒙您夸奖的谢礼,只要我力所能及,不论什么事都帮您解决,想来也能遇到一些奇闻轶事。话说回来,您到底想让我做什么呀?"

"你若愿接手此事,定能在国家大乱之前防患于未然。"

"这话太大了,我能阻止国家大乱?哈哈哈,有意思。好,这事我接下了。事不宜迟,您快和我说说事情的经过。"

"你能欣然接受,贫僧不胜感激。这样我也好安心瞑目了。"

"哪儿的话,凡夫俗子理应帮助出家人,这也是佛缘。"

"哈哈哈,此话有趣,那便听贫僧絮絮一言!唯此事关乎国家机密,不可被外人听去。你且去看看这附近可有旁人?"

"小事一桩。"

十郎走出森林环视街道。其时暮霭初降,四下里不见人影。他为防万一又在森林里反复查看,随后返回道:"没人。"

"麻烦你再凑近一点,我来和你说一说当世只有四人知晓的国家机密。"

"好。"

"第十二代将军[①]家庆公的太子,小名政之助,也就是现任右大将的家定公。他是本寿院大人之子,文政七年四月十四日降生在江户城本丸。其实,在他出生后四半刻[②]还有一名男婴降生,他们乃是双胞胎。"

"哎?"

[①] 幕府将军。标题中的"公方"就是对幕府将军的敬称。
[②] 一刻是两小时,四半刻是一刻的四分之一,即三十分钟。

"震惊是免不了的,毕竟当世知道太子有个双胞胎兄弟的,就只有本寿院大人、家庆公、产婆阿泽和贫僧四人。其实当时产室里还有三位佣人,但是为守住这个秘密,只好假托病死之名将她们杀害。"

"那……后出生的那位少爷,后来怎么样了?"

"我这就和你说。国家的太子是双胞胎一事,乃是大乱之源,因为难以分辨谁是哥哥谁是弟弟。等两人长大成人,其中一人被选为太子,另一人必定不满。到时若他一口咬定自己才是长子,笼络亲信背靠大藩谋反,势将使国家大乱。这种事并非没有先例。家庆公当时就想斩草除根,可禁不住本寿院大人苦苦相求,最终没有痛下杀手。他将孩子赐给阿泽,与她约定,等孩子长到十岁就让他出家,瞒住身世送到深山破寺,让其自生自灭。阿泽是个妥帖的女人,负责此事最适合不过。"

"嗯嗯。"

"阿泽将孩子藏在怀中,穿过吹上御园,悄悄出了坂下御门,回到神田绀屋町的家。她给孩子起名舍藏,精心养育。舍藏八岁那年春天,她将孩子托付给了远亲——草津小野村万年寺的祐堂和尚,并说明了孩子的身世。"

"那个祐堂就是您?"

"正是。舍藏长到十岁那年,我本想给他剃度,可他不肯做和尚,竟从寺里逃了出去。那之后十四年过去,贫僧托钵化缘,辗转各地探寻舍藏下落,但就是找不到人;直到今春返回草津的寺院,意外收到阿泽丈夫久五郎寄来急信。"

"哈哈,总算出事啦。"

"久五郎来信的大意是，五月二日傍晚，他听到家中有人痛苦呻吟，进门一看竟是阿泽被人砍翻。他赶忙上前急救，阿泽却说别管她，掏出一封信说信里写着三个汉字，快发急件寄去这个地址，说完便断气了。久五郎拿着信出门去寄，谁知刚到街上，左右两边就蹿出贼人上前夺信。他大喝一声想甩开两人，不料那封信被撕成三片，其中两片被对方两人夺去，只剩一小片还留在手中。"

"这可不好办啊。"

"这是阿泽临终托付之事，闹成这样实在对不起她。无奈那时天色已黑，没能看清贼人的长相，想要抢回信也没处可抢，只得将仅剩的一片寄来，希望能派上一点用处。"

"信上都写了些什么呢？"

"打开一看，信纸的后半全被撕去，只留下一个'五'字。阿泽写给贫僧的，不用说必定是舍藏大人的所在之处。她说有三个汉字，滋贺的五个庄自然不在话下，五峰山、五郎泻以及武藏的五日市，贫僧都走了个遍。听说下总的真间一带有个叫五十槻的小村庄，所以上月十五日我去那里寻找，可那里也不见舍藏大人的身影。"

"嗯嗯。"

"贫僧自知这十月的戊日戊时便是命终之时。凭我一己之力，无论如何也无法找到舍藏大人了。万幸贫僧那时尚有二十一日余命，便坐在街边观察旅人相貌，打算将此事托付给有缘之人，所以才在此斋戒打坐。"

"原来如此。会有那样的贼人袭击阿泽，想来双胞胎的秘密已告泄露，他们正在寻找那个舍藏的下落，必定别有用心。"

祐堂和尚点头道："比较可疑的是前大老水野越前守[①]，他犯下大错被革去职务，可还不到十个月就被将军亲自召回，官复原职，其中缘由除了家庆公谁也不知道，真是让人称奇。这只是贫僧的猜测，可能不准确，说不定是那奸贼水野最近听说了双胞胎的秘密，以此威胁主公强行要求复职。若正如我所想，那水野要是找到了舍藏大人，蛊惑他归入自己势力之下，真不知会做出何等惊天大事。贫僧想求助于你的正与此有关。请你务必先于水野找到舍藏大人的藏身之处，将这封信交给他。信上有云：为无法实现的野心焦虑终究伤身无益，俗欲乃过眼云烟，切莫被其蒙蔽双眼，劝君早日皈依我佛，悠享天年。这是舍藏大人的画像，事情就托付给你了。"

"明白了，我只要找出舍藏大人的所在，将这封信交给他，劝他早点出家当和尚就行了吧？这事交给我了。那您之后怎么打算？"

"贫僧马上会在此死去，你不必在意我。"

"是吗，我本应在这里念佛直至您瞑目，可对您这样有觉悟的人来说，我说这番话都是多余的。师父，祝您安然善终。"

"若是有缘，我们还能来世再见……"

"玩笑话不可乱说，您不用说定是去往极乐世界，可我打一开始就没这可能。不论今生来世，此别都是永别，告辞啦。"

十郎爽快地点点头，拖着粗稻草鞋步入街道的暮霭之中。

[①] 水野忠邦（1794—1851），德川幕府第十二任将军德川家庆的老师，上台后推行新政，提倡简朴、削藩，史称天保改革，结果触动各地大名利益，遭强烈反对而被革职。越前守本来是指幕府委派统筹越前地区行政、军事事务的最高负责人，后来形成虚衔，只表示任职者在幕府体系内的品秩。大老是德川幕府的最高行政长官，只有非常时期设立。大老之下是四至五名老中，负责统领全国政务。水野忠邦时任老中首座，权柄一如大老。

吊空女

颚十郎①打算当晚就抵达千住,便摸黑往国府台赶路。

他途经一地,右边是总宁寺地界,左边是有名的国府台断崖。峭壁之下,利根川的河水卷着旋涡奔流而下。

十郎慢悠悠地踱到钟之渊,看到百米开外的对面有五六个人正从崖边探出身子,压低嗓子轮流对崖下说话。而崖下则传来一个清脆镇定的女声,与崖上之人一问一答。

颚十郎不解这是在干什么,便摸到断崖边,往女声的方向俯视斜望。这一看,让他不禁叫出声来。

那时利根川上弥漫着水雾,月影淡淡。恰逢明月出云,青晃晃的月光斜照在断崖之上,将那一块照得十分明白。一个女人就像结草虫似的被绑住手脚,用绳子吊在六十多尺高的断崖上,正在半空晃悠。

方才那镇定女声正是源自这被绳子吊在半空的女子。只听她道:"要杀便杀……是不可能的。你们爽快把绳子割断吧。我被五花大绑,掉进下面如此湍急的河里,必死无疑。"

上边的人压着嗓子,低声道:"没人说要杀你,要的只是你一句话。只要你招了,我们马上救你上来。"话声虽低,可声音在峡谷间回荡,所以十郎从头到尾听得十分真切。

---

① 阿古十郎的"阿古"跟"颚"读音相近,所以颚十郎就是阿古十郎。

下边传来"呵呵呵"的笑声:"什么?我说了便放我一马?真会说笑。你以为我会被这样的说辞欺骗吗?"

上边换了个声音说道:"不,我们一定会救你。想要的只是你的一句话,你就快说了吧。"

"听这声音,是御庭番的村垣吧?你们御庭番是将军大人直属的密探,只要跪在御殿外廊边轻咳一声,将军大人便会走到廊边,遣开旁人听你们密告。密告内容不光有目安箱里密告书的真伪和远国外样大名①的执政情况,还有家族内部的派系斗争。天下的动静只要御庭番一出手,不论多么细枝末节的事都能了解得清清楚楚。我说得对吧?若是接令调查土佐地区,必是家也不回直奔土佐。你父亲村垣淡路守当年奉命调查萨摩,走出御园直奔萨摩,二十五年后才回家。御庭番若是为了圣旨和保密,就算是亲兄弟的孩子甚至亲骨肉都能痛下杀手,更不惜砍掉手脚假扮残障和瘫子。有如此可惧的六个人在悬崖边站成一排,就算我说出事实,但我总归是知晓那重大机密之人,你们又怎会放我一条生路!村垣,我说得对吧?既然说是死不说也是死,那我不说!我宁愿带着这秘密死去。反正说不说都要杀我,那你们不如快把绳子割断。这样被吊在半空,反倒让人心焦得不得了。求你行行好吧,村垣。"

上边六人蹲在崖边似在商量。不久一人站起身来,将大半个身子探出悬崖,问道:"喂,八重,你真那么想死吗?"

崖下再次传来"呵呵呵"的笑声:"对,我想死,劳烦快杀了

---

① 德川幕府统一日本进程中前来投奔之人,这些非嫡系豪强的辖地往往被安排得远离首都。

我吧。天下忠义的不止你们。你们上面是将军大人,我上面可是本性院①大人。愿意舍命为她做事的人要多少有多少。你们想杀我便杀吧。就算我死了,也很快会有别人接我的班。我的接班死了,还有新的人呢。虽说人多的是,但是这样一想就反倒觉得后任们有些可怜了。"

"既然你都这么说了,那也好。你在这一带转悠,我们大概也摸清了方向。不好意思,我要割绳子了。"

"真爱吹,什么大概摸清了方向,我怎能让你们知道那位大人的所在!想找就找吧,让人瞧瞧你们的真本——"

最后的话音变成了一声惊叫,说时迟那时快,女人带着长长的绳索,像块石头般掉了下去。

颚十郎惊得缩起下巴。

(不愧是御庭番,下手真狠。这事做得实在干净利落。话说回来,方才还真听到几句让人在意的话。祐堂和尚说得不假,这佛缘一来真是挡都挡不住,没想到这么快就有线索送上门来。总之先把那掉进河里的女人捞起来,套套她的话吧)

颚十郎撩起旧裕褂的下摆,露出光腿,沿着悬崖急匆匆地往下游方向奔去。

这一带是足利幕府时期的太田城址,遗留着不少当年的殿守台和古坟。十郎穿过古城,看到有百来阶在断崖岩石上凿出的石阶,一路通到河边。那下面有一口古井,名曰罗汉井。

十郎飞跳着冲下陡峭的石阶,蹲到井边岩上,借着淡淡的月光凝视河面,只见方才那女子正时沉时浮地顺水漂来。

---

① 德川幕府第十一任将军德川家齐的侧室。

女人的请求

十郎将横倒在岸边的一根粗榉木推进河里,轻巧地跳了上去,等女人顺流下来时一把拽住她的后领,将她拖至岸边。他让女人趴在防波木桩上,自己则坐到石埋刑①留下的石笼上慢悠悠地抽了袋烟,嘀咕道:"如此一来事情就算告一段落。接下来只要让她把水吐出来就行了吧。"

他仰望着淡月疏星喃喃自语,旋即细细打量那双眼紧闭的女人。

只见那女子年方二十,一张瓜子脸五官端正。她身穿绉绸和服,紫缎腰带扎成个立矢结,头上绾着岛田髻,外面还披了件白长褂,和服下摆卷得很短,脚上是白绑腿和草鞋。

(不得了,我在甲府还没见过鼻梁这么挺的姑娘。看她至多二十,却能吊在半空中还放出那般狠话,这年纪的普通女孩可做不到。看她温和文静好似观音菩萨,谁知竟吐得出那般恶语,怪不得人家说女人可惧。让她一直趴着也不是个事,先帮她把水吐出来吧)

十郎磕掉烟灰,把烟斗收进袖中,猛地起身揪住女人衣襟,就像拖巨头鲸似的将她拖到了河滩上,撩起衣襟伸手往胸口摸

---
① 将罪人放进土坑,用小石子活埋。

去:"哦,还暖和着,当无大碍。看来是在下落时便昏厥过去,掉进河里倒没呛几口水呀。"

十郎给她解开绑住的手脚,让她俯身将水吐出,随后拿来河滩上的枯枝生了火。就在十郎忙活时,女人恢复了意识,手脚微微动了起来。

"哟,醒啦?"他两手抓住女人的肩,边晃边道,"姐儿,姐儿,你醒了吗?"

女人呻吟一声,睁开迷蒙的双眼讶然四顾,问道:"刚才是你在说话?我这……到底怎么了?"

"什么怎么了,你被人丢进钟之渊,险些淹死。是我费了好大力气才把你救上来的。"

女人"哎"了一声,瞠目道:"是你救了我?"

"怎么这般啰唆,就因为我救了你,你才在这里。不然现在怕已冲到行德,叫鳎鱼钻了屁股了。"

"哟,你真有趣。换作别人,救完人可说不出这种玩笑话。快别杵在那里,来这边烤烤火吧。"

颚十郎被这一席话说得没了脾气,有些恍惚地走去篝火边蹲下身。那姑娘整整衣冠,带着几分妩媚侧身坐好,边伸手烤火边道:"实话跟你说,其实我醒了有段时间,只因想知道你到底有何意图,所以一直装睡观察你。"

"那你知道我帮你暖脚和暖胸口了?"

"当然知道,真谢谢你了。"

"让人吃惊哦,都说江户人心眼坏,看来这话不假。"

"河滩上一对孤男寡女,也不知你有何意图,我害怕也是理所当然的吧。"

"哈哈！玩笑话不可乱讲。你被吊在六十尺高的断崖上还能那样恶言恶语，竟然也会害怕？"

"哟，真是的，那些话都被你听去了？要是这样，我对你装乖是为时已晚啊。"

"快别嘲弄人了，我着急赶路，没时间对付你。"

十郎故意起身假意要走，女人伸手拦住他道："你怎能把我一个人丢在这里，要是我被狼叼去了怎么办啊？都说帮忙帮到底，送佛送到西，况且我还有件难事想要你帮忙。"

颚十郎搔搔脑袋，道："我最经不得别人相求。你想让我帮什么，我着急走，就快点交代了吧。"

"听你有甲府口音，是打那儿来的？"

"我是甲府乡士①之子，这次头一回去江户。话说回来，你到底犯了什么事，遭遇如此劫难？"

"我叫八重，是个侍女，服侍一位叫本性院的娘娘，只因知道了一个大老的丑事，便招来好多那样的密探，想要杀我灭口。你也都看到了，那么多大男人折磨我一个弱女子，不觉得我很可怜吗？"

"确实挺可怜的。"

"你就不想帮我一把？"

"帮是可以帮，主要看什么事。你到底想让我做什么呀？"

八重把手搭在颚十郎的膝盖上，道："也不是什么大事。在江户，有个叫龙之口的评定所。那评定所的休息室里有个目安箱，我想让你帮我把那个箱子取来。"

---

① 下级武士。

所谓目安箱,是历代将军为解民情而设置的诉状箱。那里面的密告书毫不留情,上至老中的褒贬,下到町奉行①、目付②和远国奉行的治理失误,可说包罗万象。将这目安箱送去本丸御殿时,先有六个目付护送到老中的用部屋,再依次传给部屋坊主、时钟之间坊主、侧用取次等近臣。箱子交到将军手上后,他会遣开众人,从脖子上挂的护身符袋中取出钥匙亲自开箱。擅开箱者均问死罪。

而这八重竟要他把那目安箱给拿出来!

颚十郎向来从容淡定,听了这番话却也小小地吃了一惊。

他面上固不改色,心下却暗暗咂舌——这世上还真有了不得的女人呀。

"只要把箱子拿给你就行了吧?小事一桩。不知那箱子重不重呢?"

"哎哟,你理解错啦,箱子怎样倒无所谓,我想要的只是箱子里的一封信。"

"好,我知道了。那我拿到了信,又送到哪里去呢?"

"后天六时,你拿着信到钟撞堂下面。"

"我记住了。"

"你可真是个好人。"

"哪里,过奖过奖。"

---

① 町是街区之意,奉行是管理之意。
② 负责监督官员,以便幕府将军论功行赏。

目安箱

时隔两年,十郎重履江户。

他将手插在怀里,熟门熟路地摸进胁坂的长屋。

一个杂工正坐在大门口的木横框上擦脚,抬头看到颚十郎,不禁"哇"地跳起来道:"先生,您什么时候回来的?"

"刚到,甲府的风太劲,像我这样的温柔男人总归是住不惯呀,所以我又得来这儿打搅一阵子啦。"

"先生走后我们个个无精打采,时时眺望甲府,就盼着您哪天回来。喂,大伙儿,先生回来啦!快出来吧!"

话音刚落,从里面跑出一大群杂佣,他们边喊"哟,先生,欢迎回家",边像抬着颚十郎似的架着他往里屋走。

第二天早上七时,颚十郎换上一件岩槻染料的竖条纹棉质和服,外配茶色棉外褂,用白色羽二重料的围巾将长下巴围个严实,晃悠悠地出走出胁坂的住所。他脚蹬一双龟之子草鞋,腰上挂着有些斑驳的皮质烟袋,怎么看都像个乡下来的状师。

"虽不知其中就里,但我要找的东西应该就在那目安箱中。想不到竟得去评定所偷目安箱,虽然知道这么做不对,可这都是为了防止国家大乱,迫不得已。哎哎,总之试试看吧。"

颚十郎自言自语着走到护城河尽头,进了和田仓门。从那里走到底是町奉行的衙门，房子右边即是评定所。这是老中和三奉行①定夺天下大事的重要衙门，有时也判官司。

在寄合所②大玄关左侧的小门边，站着三个门卫。他们看了一眼颚十郎的装扮，说道："是地方的官司吗？"

"对，正是。"

"状书递上来了吗？"

"对，递啦。"

"是合判官司（寄合官司）还是钱财官司？"

"是合判官司。"

"那往西边的等候室去。"

"谢谢。"

走过一段石子路，便是等候室。好多状师正坐在马扎上等着被叫进去办事。这条路走到尽头是诉讼所的入口，在入口台阶一角贴墙放着的正是那目安箱。

那是一个镶黑铁的柏木箱，看着很结实。大小和五层套盒差不多。

颚十郎一面彬彬有礼地一一向坐在马扎上的人打招呼，一面往入口台阶挪步。他走到台阶前，在上面摊开一块打满补丁的包裹布，不慌不忙地包起目安箱来。

没人料到会有人偷这天下闻名的目安箱。那四五个状师呆望着十郎，一时没反应过来他在做什么。就在他们发呆时，十郎已包好了目安箱，他右手提箱撂下一句"好了，借过"，便走出等候室。

① 町奉行、寺社奉行和勘定奉行。
② 评定所内受理诉讼的地方。另一个说法是，寄合所是评定所之旧称。

等他走出老远,状师们终于回过神来,有两三个人从马扎上蹦起来高喊:

"抓小偷!"

"了不得了!喂,等等!"

他们踏着石子路争先恐后地追了过来。

"傻帽!谁等啊!"

说罢,十郎也高喊"抓小偷、抓小偷"一路往小门跑去。

"喂!门卫,门卫!刚刚有小偷跑出去了!"

门卫正在休息室里下棋,闻言大吃一惊,握着棋子就奔出来问:"喂喂,你嚷什么呢?"

颚十郎上气不接下气地道:"小、小偷!刚刚嗖地从这里逃出去了!"

"胡扯!不可能!"

"什么不可能,那边,那边,就往那儿去了!"颚十郎说罢高喊着"站住,那边的贼人",就冲出了侧门。

他也不往和田仓门那边跑,沿着町奉行衙门的围墙往坂下门方向逃去。回头一看,番众护卫、同心①和状师混作一团,正吵吵嚷嚷地追在后面。照这情形,怎么跑都只能跳护城河。

十郎改往红叶山下的半藏门跑,可如此一来必会在半藏门被抓。

(哼,不管三七二十一,先往西之丸②躲躲好了)

所幸当时四下无人,十郎拼命扒住种满杜鹃花的堤岸,翻了进去。

---

① 幕府的下等役人,负责警备等日常工作。
② 皇城的西角。

他闯入的正好是一片墓园,隔着假山能看到对面藏书室的房檐。颚十郎在一棵老枫树下盘腿而坐,嘀咕道:"逃到这里就没事了。现在想必正有人通报呢——西之丸有贼人闯入,快报告支配①——支配上报添奉行,添奉行再上报吹上奉行,等手续走完,天都黑透了。嘿,我正是要其如此一番,且先开箱瞧瞧。"

十郎从怀中摸出一柄五寸细齿锯,对着状书投入口嘎吱嘎吱地锯了起来。

他从锯开的洞中伸手一掏,发现箱里有五封状书。

十郎小心打开信封,一封封读,等看到第五封时不禁"哎哟"惊呼,缩起脖子。这封信是这么写的:

说来难堪,我是被本性院大人的前任侍女,一个名叫八重的姑娘抛弃的男人。

我无法纾解被她抛弃的怨恨,特此向您告知八重等人密谋造反之事。

其党羽包括以下几人:大老水野御前守、町奉行兼勘定奉行鸟居甲斐守、松平美作守支配、天文方②兼见习御书物奉行涉川六藏,甲斐守家臣本庄茂平次、金座③金改役后藤三右卫门,还有在中山法华经事件中抱病蒙恩休养的本性院伊佐野娘娘、本性院的侍女八重。这些人佯装知晓家定公双胞胎兄弟舍藏大人的下落,由水野威胁主公要求复职。

---

① 副官之意。
② 负责天文观测。
③ 铸造金币的币厂,由金改役负责管理。

其实他们根本不知舍藏大人在何处。去年九月,八重杀了家住神田绀屋町名叫阿泽的妇人,抢来写明舍藏大人所在的书信,但信上只有一个"大"字,他们知晓的仅此而已。

　　八重昨天才去国府台一带搜寻,这正是他们一伙人还未查清舍藏大人居所的铁证。鸟居甲斐守于去年末派手下探子暗中大范围搜索,但看样子还没找到有力线索。

　　事实如上所述。另据听知,水野一派计划找出舍藏大人,拥立他要求设立分家,想以此扶植自身势力,同时打倒阿部伊势守。

将 军

（任她再狡猾，终究是女人。把我当乡巴佬打一开始就不放在眼里是她失算。八重算准了被自己抛弃的男人必定会告密状，可她一介女流，无法靠近评定所，所以才拜托我这个浪荡子干这事。然而对我而言，这却是个意想不到的收获。明天在汤岛神社见了她，可得好好道谢。话说回来，和尚做到祐堂这份上也真是了不得，想来他已在不知森圆寂了吧，没想到水野的诡计真的被他说中。如此一来，我已入手'五'和'大'二字，剩下只差一字。不知这最后一字落在谁手？反正急也急不得，时机一到准能找着。难得闯进庶民无法入内的吹上御园，就让我参观参观这到底是个怎么样的地方吧）

十郎将五封密告信塞进腰包，沿着枫树间的小道往假山方向晃去。

穿过假山脚的树林，面前出现一片开阔的草坪，草坪对面是水田，水田的南北两边，两座小山遥相呼应。

"原来如此，这就是传说中的木贼山和地主山吧。看这光景十足就是个小山村呀！想不到皇城禁地里竟有这样的地方，哎哎，了不起。"

十郎沿着草坪往木贼山脚走去。在那里高耸的怪石奇岩间,一道两丈多高的瀑布倾泻而下,打在岩石上,溪流在树林竹丛间弯曲流转,最后注入一片宽阔的湿地。

毗邻湿地的小丘斜坡上,星星点点的凉亭茶室在树木间若隐若现。湿地的西面是一片花田,各色秋花争奇斗艳。

颚十郎正看得出神,花田对面的林荫道上突然传来足音。

"哟,这可不妙。在这里被抓住的话,我有几个脑袋都不够砍。这一带哪里能供我藏身呢?"

然而,环视四周到处都一览无余,并没有特别理想的藏身之处。十郎一路寻找,发现附近一个茶室院子里,有一棵需两人合抱的古松。

"事到如今也没辙了,只能躲在那棵松树的枝杈间了。"

十郎跑到树边,双手抱着树干,噌噌噌地往上爬。就在他爬到枝叶繁茂处终于松口气时,一个三十五六岁、眼神精悍的男人无声地推开柴门,走进院子。

此人松垮地穿着一身松坂棉料和服,外披一件茶色棉外褂,看体格应该是个武士,却是一副市井小商贩的打扮。十郎觉得他十分奇怪,便从树上观望。那人已在茶室外廊边跪下,毕恭毕敬地磕头行礼,随后右手掩口轻声清了清嗓子。

稍后,茶屋的移门开了,从走廊里走出一个五十出头、十分富态的男人。

出来的这男人也穿得松垮,他走到外廊边,袖手问道:"哦,是村垣啊。那件事之后怎么样了?还不知道人在哪儿?"

被称为村垣的男人应声抬头,答道:"请您再给我一点时间。在下于国府台追踪先前和您提及的伊佐野娘娘的侍女八重,尽全力逼她招供,可她什么都没说。为除后患,我将她丢进了钟之渊。"

"这样线索就断了。"

"无妨。八重得一貌似乡士的男子搭救,已安然返回江户。"

"哦?"

"八重必会以为我们认定她已死,今后会更大胆地行动。只要盯住八重,一定能查到那位大人的下落。我们分析,既然八重在国府台一带找人,应首先搜查那一片。北至川口,东到市川,南及千住,我们打算在这个三角范围内搜查。"

"此范围内有名字带'鹿'的地方吗?"

"很遗憾,没有那样的地名。若依拙见,此字怕非'鹿'字,而是代表平假名的か或しし。か是'鹿之子'的发音,しし则是'鹿谷'中'鹿'的发音。这是在下的一点不成形的推断。"

"也许吧。总之,尽快查出他的下落。可怜是可怜,但必须照我所说处理掉他。不然我无法压制奸臣水野。水野复职的原因不明,不只内阁,连坊间都议论纷纷。对我而言,水野的威胁已忍无可忍,令人不快!"

"主上之心,臣等了然。一定一定。"

"交给你了。"富态男子说完返回茶屋中。

村垣在院中恭敬地俯身低头,跪地不起。

颚十郎在松树上嘀咕道:"快点走,你不走我怎么下来啊,要哭到别处哭去。"

正嘟囔着,村垣终于起身拍了拍膝上的尘土,低头往林荫道走了。

颚十郎趁机下树,走进湿地溜入竹林,再次盘腿坐下,自语道:"这可真是踏破铁鞋无觅处,得来全不费工夫。村垣不仅告诉我最后一字,还教我念法,真是求之不得。这么一来,阿泽婆婆留下的三个汉字应该分别是'五'、'大'和'鹿'。如果鹿按'鹿之子'念作か,那五就该按'五月'念作さ。这就好办了。最后的'大'按此思路,不是念作'大臣'的お便是念作'大人'的う。さおか不知所云,所以应该按'大人'念そうか。そうか……そうか……草加!嘿嘿,原来如此!"

垂涎三尺

汤岛的"古梅庵"料亭里间,柱挂上插着一枝红梅。红梅下边,颚十郎嘴角淌着口水,目光呆滞。

坐在他对面紫檀餐桌边微笑的,正是钟之渊遇到的八重。

八重盘腿而坐,手肘撑在膝盖上,以手支颐,神情轻蔑。

"呵呵呵,你这个下巴阿仙①呀,明明知情却想戏弄我,没这么简单!我趁你洗澡时读了祐堂和尚的信,知道了你知道的那个字。这和尚确实爱管闲事。知道了'五'字,这事就没跑了。我总算知道舍藏大人的所在了,这就要先走一步。你头回来江户就吃到这种苦头,也挺可怜,就当买个教训吧,以后别做这种吃不了兜着走的事了,懂了吗?我们有缘再会。等一会儿手脚不麻了,记得擦擦你的口水。再啰唆一句,我这就去了,告辞!"

"此、粗、畜……"

"你想骂畜生吧?别着急,一会儿慢慢骂。"

八重把想说的话全说完,吐了吐舌头,灵巧地走出里间。

十郎虽被下了麻药身体动弹不得,脑子却转得飞快。心里恼火得很,可下巴的筋肉却因麻药使不上劲儿,无法咬牙切齿。

那之后一刻钟(两小时),十郎终于能稍稍活动手脚了。他

---
① 颚十郎大名仙波阿古十郎,昵称阿仙。

半爬着摸到账房,叫了乘三枚轿子①,翻进轿中,大着舌头说道:"草……加……草……加……"

"哟,这客官在说'是啊是啊'。"②

"到底是什么呀?"

"草加……草加……"

"您是要去草加吗?"

"啊,是、是啊。师傅……快点……钱管够……"

"哟,伙计们,说钱管够,走快轿。"

"哦,好嘞!"

一共三个轿夫,一人牵着绳子抬前棒,两人负责抬后棒。三人"嘿咻嘿咻"地飞奔出去,好似一团黑云。

从北千住到新井,三个轿夫轮流抬轿子正跑着,后棒的师傅突然惊呼道:"哎哟,小哥,这事好生怪哩。打从刚刚,有台快脚轿子一直跟在我们后面跑。那人可是小哥的同伴呀?"

"不,没这回事。那轿子从哪儿跟上来的?"

"自打我们的轿子从古梅庵出发,就一直跟着呢。"

"你看到轿子上的人没有?"

"看到了,看到了,是个大美人,盘着高高的岛田髻,腰带扎成个立矢结。"

(混蛋,是八重啊……不错,八重根本就不知道村垣手中的字。她给我下了麻药便去准备快脚轿子,算准我药效一过必会鲁莽行事,所以早就在古梅庵边候着了。我竟被她如此看扁,是可忍孰不可忍!)

---

① 由三个轿夫轮流抬的轿子,多在着急赶路或追求排场时使用。
② 日语"草加"跟"是啊"同音。

"小哥,还有件怪事。在女人坐的快脚轿子后面,还跟着一台快脚轿子。"

"哦?那台轿子又是从哪里开始跟的?"

"也是从古梅庵。"

"里面坐的人呢?"

"脸颊消瘦,像是武士,又像小吏。"

(哼,是村垣那混球。我把八重带到草加,她又引来村垣……所以最傻的就是我呀!可恶!既然如此,我也有我的对策。)

只听十郎对轿夫大喊道:"喂喂,我事出有因,得在前面的堤岸上跳轿,你们别管我,从那里拐进岔道,一路小跑往上总走。我无论如何都得甩开他们。抬轿钱加上礼金一共十两,我放在坐垫上啦,拜托!"

"好嘞,走着!"

眼看快到西新井的堤岸,颚十郎瞅准时机顺势跳出轿子,沿着堤岸斜坡骨碌骨碌滚进了水田。

舍藏大人在草加的郊外做私塾先生。

他当年逃出万年寺并无特别理由,只是常听人讲江户如何繁华,想亲眼去看上一看。二十岁时,他与一家和服店的姑娘阿君相恋。两人私奔到了草加,过着清贫和睦的小日子。

舍藏大人迟迟下不定决心剃度,但在颚十郎造访两个月后,他便去上野的轮王寺出家了。

那之后不久,水野再次失势,而且从此再未能东山再起。

稲荷使者

狮子鬼面

春霞烂漫。

咚咚咚咚,初午①的太鼓声惊起一群老鹰,神乐的笛声悠悠回荡,这个上午真是闲适极了。

颇为风雅的庭院里,黑木板墙上插着黑铁防盗铁钉,齐腰高的舞良细格木门边栽种着松柏,根府川产的脚踏石一直铺到泉水边。院内的泡桐长势旺盛,还种有金松,院门横梁上的梅衣也透着雅趣。

宽走廊前是一个盆栽架,上面摆着二三十盆万年青,有圆叶的、长叶的、烫斗折叶②的、乱叶的,各式各样,一盆接一盆摆得整整齐齐。这些万年青的叶片质地各不相同,有呢绒的、芭蕉布的、金刚的、沙子地的;而斑纹则有星点纹、吹点纹、墨笔纹和绀覆轮③,花样繁多数之不尽。

在宽走廊的垫脚石上,一个男人愁眉苦脸地望着盆栽架,他就是庄兵卫组④的森川庄兵卫。

---

① 二月的第一个午日,古日本在这一天祭祀宇迦之御魂神。宇迦之御魂神是稻荷神,犹如我国民间所说的狐仙。
② 像被熨斗烫过一般叶尖部合拢长在一起的叶型。
③ 叶子边缘一圈颜色不同,白覆轮为浅白边,绀覆轮为带深绿边。
④ 由庄兵卫统带的捕犯团队。

森川家世代都是与力①，庄兵卫从上代矢部骏河守时代起便在北町奉行所工作，还兼任吟味方头领和市中取缔方。这些职位负责审问犯人、在市里查案和抓捕犯人，相当于现在的检察官和搜查部长，是十分威风的岗位，手下除了六个书记员和随从，外加密探、巡查、捕头、捕快、探子合计三百，与南番所隔月轮班，负责江户市内的检察工作。

然而，不论是大冈越前守、筒井伊贺守还是鸟居甲斐守，历代被奉为名奉行的人都曾在南町奉行所供职。除了远山左卫门②刚上任时在北番所待过一小阵子以外，从第一任与力加加爪忠澄开始，这北町奉行所就一直不太起眼。

让人们议论纷纷或是被编入戏剧的总是南町奉行所，北町奉行所却被视为空气。其实组内并不缺有能力的人才，但不知是不是运气不佳，北番所总遇不到什么出彩的案子。城里人和南番所的人瞧不起北番所，总把庄兵卫组戏称为小便组③。北番所的公房宿舍在本乡森川町。这庄兵卫的家境其实相当殷实，在离衙门稍远的金助町买了座宽敞宅子自住。

庄兵卫是个秃头，头上油亮亮的，泛着赤铜色的光，头顶仅剩的一小撮头发梳成个发髻，望之如蜻蜓落在头顶。他面如赭石，仿佛刷了朱砂，整天板着一张看门神犬似的狮子鬼面④脸。这张脸，自打出生就从不曾露出笑容。

---

① 官职名，负责江户市内的行政、警察和审判工作。
② 远山景元（1793—1855），通称远山金四郎，早年担任北町奉行，因反对天保改革而被罢免，后又出任南町奉行，受到继任老中的重用，负责编撰赦律。景元擅长断案，有"能吏中的能吏"之称。
③ 日语"庄兵卫"跟"小便"发音相近。
④ 能剧中使用的一种假面，面相狰狞。

庄兵卫个子不高,长得很敦实,脖子粗且短,肩膀宽又平。他秃头上冒着蒸汽快步赶路的样子,简直像是块画有背后烈火熊熊的不动明王拉门在走路。庄兵卫性子急、认死理,爱出汗又专断,而且比谁都好逞强。"好疼"、"伤脑筋"这种话,就算他嘴巴烂了也说不出来,简直就是顽固老头们的范本。

大约两年前的一个冬日早晨,庄兵卫满头大汗地在读书。虽然脸色和平时一样,这汗却流得实在夸张。他的独生女儿花世担心地问了一句,结果庄兵卫这老头瞪着和往常一样如同不动明王一般的三白眼,抬头对女儿道:"傻孩子……出汗……又怎么了。"那声音细得跟蚊子叫似的。

原来庄兵卫一把年纪却非要逞强,每天早上练习挥刀三百下,身体却吃不消,那天早上闹起了肠扭转。到最后他终于撑不住,黑着脸找来按摩师父。治疗期间庄兵卫也没发出一点声音,只把一只箱枕捏了个粉碎。

说起这庄兵卫逞强与死要面子的事迹,简直刹不住车。他在衙门里每天也是这副顽固倔强的样子,搞得奉行和年番方①都敬他三分,不敢随意招惹。

然而,这庄兵卫老爷子毕竟是有弱点的。

一旦事关独生女儿花世,便会立刻没了主意。花世是庄兵卫四十岁才得的独女,他对女儿宠爱有加,巴不得含在嘴里,不论女儿想要什么都只有一句"嗯,好,好"。外甥阿古十郎毫不客气地打趣他说:"舅舅啊,这本所石原家的岩落饼硬倒是够

---

① 全称年番方与力,是町奉行的重要臂助,负责町奉行所的各类事务。

硬,可太甜啦,说到底还是不像样呀。"① 庄兵卫被十郎戳中最大的软肋,总是恨得牙痒痒。

除了女儿,庄兵卫还有个大弱点,那便是栽种万年青。他沉迷于万年青,就像着了魔。

---
① 岩落饼是一种口感很硬的甜点心,十郎以此调侃庄兵卫宠爱女儿。

万年青

栽种万年青流行自天保年间,当年一片叶子要价二百金已不稀罕。到了嘉永三年,竟有一盆卖出了八千两的天价。

幕府觉得这价格太过出格,便宣称万年青有伤世风,于嘉永五年(1852)颁布禁令。然而栽种万年青的热潮非但不因此降温,反倒越演越烈。到文久初年,连阿猫阿狗都种起万年青,将工作杂事抛在一边。

万年青十分娇贵,土必须用京都的七条土,浇水得用花蛤煮出的汁,讲究得不得了。

要说栽种万年青的讲究,谁都比不了庄兵卫老爷子。每次月班休假,他总是从早到晚为万年青擦洗叶片。他最宝贝的是一盆名为锦明宝的剑叶畝目纹白覆轮万年青,每次去万年青同好的聚会都会带上这盆,得意地跟众人显摆。这盆草自打三年前摘得万年青大赛的关东桂冠后一直保持这一称号,价格标到两千金,也难怪庄兵卫会如此骄傲。

然而,这除了女儿花世外第二宝贝的锦明宝,在四天前突然没了生气。

它的叶面上长出一层黑灰的斑点,失去光泽;叶子软绵绵地耷拉下来,奄奄一息。

庄兵卫心急如焚,浇水不行又浇柴鱼熬的汁,将能用的法子试了个遍,可就是不见好转。他每天一起床就跑去走廊边,尽全力悉心照料锦明宝,却想不出对症良方,唯有皱着眉头眼睁睁看它凋零。

庄兵卫最近真可说是祸不单行,坏事接踵而至。

很少生病的女儿花世突然发起高烧,把庄兵卫吓得手足无措。好不容易女儿病愈,他又差点失手烧了马厩,所幸在火势蔓延前把火灭了。这还不算完,这回,他弄丢了重要的证物,那可是最近坊间闹得沸沸扬扬的女佣连环被杀案的唯一线索。

庄兵卫丢的是一个梨地①鞘造的印盒。他确实记得将印盒放进袖中才出门,可走到圣堂附近偶然往袖内一摸,竟没了印盒踪影。庄兵卫记得盒子在出门前被放在客厅桌上,可因他早晨经常醉心于万年青,所以也记不清究竟是忘在桌上了还是带出家门了。此事非同小可,庄兵卫脸色有点发青,赶紧叫了台轿子回家,冲到书桌前一看——桌上哪有什么印盒。

他呆立家中,思前想后,确实不觉得在路上掉了东西。他又询问当时在家睡大觉的阿古十郎有没有见到类似的盒子,十郎只敷衍地答了一句:"这我可不知道。"

家里的佣人都做了五年、十年,知根知底。再说客厅平时会放番所公文,所以庄兵卫在走廊那头装了一道带锁的门,让佣人在那里止步。他早上出门时正好和往客厅走的阿古十郎擦肩而过,十郎自打那时起便在客厅里睡懒觉,不可能有人在这么短的时间内把东西偷走。

---

① 泥金画的手法之一,将金粉扑在器具表面,制作出类似梨皮的质地。

庄兵卫为防万一,一个个单独询问佣人,再将大家的话对照分析,证实早上确实没人进过客厅。他又问了女儿花世,花世也说不知道。

按说小偷是不会进与力家里偷东西的,然而庄兵卫还是去院子里查看了后门。那扇木门结结实实地从里面上了锁。

院子毗邻春木町大街,高高的木板墙上钉着密密麻麻的黑铁防盗钉,院外的大街白天人流量很大,贼人不可能一点不受怀疑地翻墙进来。如此想来就只有一个可能性,庄兵卫确实将印盒带出家门,将它掉在去番所的路上了。

约莫十天前,在芝田村町的马路上发生了伤害事件。

被砍伤的是家住四谷箪笥町的旗本武士家三子石田直卫。当时双方都喝醉了酒,因一点小事口角,最终拔刀相向大打出手。对方将直卫的手腕划伤后逃之夭夭。

虽说天色昏暗,看不清那人的面孔,直卫却报案说是个穿着考究的二十五六岁男人。印盒掉在他们打架的地方,后被巡查捡到拿回值班室。

打开盒盖一看,里面有两个红色的药粉包。找人查证方知,这竟然是有剧毒的凤凰角(毒芹根)粉。这下事情可不得了。

去年十月十日,汤岛神社内有个侍茶女阿丰被人毒害;三天后,两国的射箭场女帮佣阿冷也以同样症状离奇死去。

验尸表明两人都被下了砒霜或凤凰角。南番所组员们得知情况,顿时全面调查,可时至今日还是没查出两人被杀的原因,也找不到犯罪嫌疑人的蛛丝马迹。就在南番组挨个排查店里熟客时,北番所却意外地发现了这一重大线索。这么一来,只要找到这印盒的主人,就很可能查出毒害两名女佣的真凶。

那是一个刻有叼着稻穗野狐的高肉雕①梨地印盒,一看盒盖的开合口便知此盒出自乌森的泥金画师梶川之手,只要去他那里询问是谁定做了这只盒子便好。北番所得到这样的重大线索,真是老天开眼,吟味方②自然高兴,同心③们更是欢欣雀跃——常年灰头土脸的北番所终于有机会扬眉吐气,好好嘲讽平时一直将自己戏称为小便组的南番组了。

哪知庄兵卫竟不慎弄丢了如此重要的物证!这可不是单说一句"不知在哪儿搞丢了"就能了结的事。这不仅是吟味方头领的重大失职,更攸关身为三百人统帅者的颜面。这要是传了开去,南番所那些组员又该拍手大笑了。最重要的是,万一有人说他是收了贿赂协助销毁证物,让他平白无故受冤枉,那才叫没脸活呢,搞不好可能得切腹谢罪。

事态重大,往日里一贯逞强硬撑的庄兵卫彻底没了主意。

他悄悄唤来心腹瘦松,带着手下的探子一间间地毯式搜查城里的当铺和销赃黑店,可直到今早仍无半点消息。

庄兵卫死要面子。印盒不见了这事,他对女儿和阿古十郎都只字未提。虽然表面上装得若无其事,其实心里早已是飓风碰上海啸,掀起万丈波涛,一直惴惴不安,难以平静。

他对番所称有案子要查,那之后一直待在客厅里闭门不出,可不论做什么都沉不下心来。

现在这个情况,哪里还顾得上万年青。

---

① 金属雕刻的手法,将厚金属板上纹样以外的部分深深刻掉,凸显纹样。
② 全称吟味方与力,主要负责审案裁决。
③ 由与力统带,负责杂务和警备等基础工作。

庄兵卫每天早晨蹲在万年青前,愈发愁眉不展。其实,这都是为了不让女儿和阿古十郎看到自己这藏都藏不住的苦脸,以防他们察觉自己已几近走投无路。

即便如此,他还是忍不住叹气。

万一真的找不到了怎么办?这念头让庄兵卫背脊发凉,耳边好像听到全江户人拍手嘲笑自己的声音。至今为止的那些刚愎瞬间化作一团烂泥,庄兵卫不由得缩了缩脖子,道:"鹤龟、鹤龟①,别想那触霉头的。不不,出来出来,一定找出来!这万年青枯萎定是霉运走到头了,反过来想这可是好征兆啊!"

正当他嘴里念念有词,胡乱寻找心理安慰时,突然有人接过话茬,说道:"咳,您在那儿念叨些什么呢?"

---

① 鹤和龟是日本人觉得最吉祥的两种动物。

权 八

庄兵卫回头一看,外甥阿古十郎不知何时进来,两手插在怀中就站在身后。

阿古十郎是庄兵卫老爷子唯一的外甥,也是这世间最让庄兵卫不悦的人。

在老爷子看来,十郎压根没把自己放在眼里,一点都瞧不起舅舅的权威。每次一张嘴,便会说出一些让庄兵卫不快的话。也不知他是有心还是无意,不论怎么破口回骂,十郎总是笑嘻嘻地不当回事,完全抓不到他的弱点。到了最后,十郎还总能找出点由头,让庄兵卫给他零花钱。老爷子到底是个好心人,一不小心便被十郎牵着鼻子掏出了钱。等过一会儿脑子转过来,才气得直跺脚,连说上了他的老当。

十郎是庄兵卫妹妹的小儿子,今年二十八岁。

五年前,庄兵卫帮十郎买了个甲府勤番的职务,让他去做侍卫。可他干了不到半年就弃官回来,也不知在哪里晃悠,一时音讯全无,直到去年末才穿着一件脏兮兮的裕袢,脚蹬一对粗稻草鞋,好像大病刚愈的权八①似的,伴着西北风走进屋来。

十郎那时的说辞可有意思。他盘腿坐下,从怀里抽出手来

---

① 白井权八,净琉璃戏中的一个角色,曾在故事中寄住在别人家里。

慢悠悠地捏着长下巴,道:"咱加深一下亲戚间的感情吧。舅舅,您也到了想要个外甥的年纪了吧?"

要说这十郎的长相可真怪异。他这样靠在房柱上,换个冒失眼拙之人,一定会错以为是柱上挂了冬瓜做装饰。他的眼鼻口全在额头上挤作一团,独独一个又大又肥的下巴挂在下面,不是马配灯笼,倒像是灯笼罩在马头上,面相着实奇怪。十郎就挂着这么个下巴,在江户城中大摇大摆地晃悠。

阿古十郎有一个禁忌之词——下巴。不只是词,在此人面前,哪怕无意中摸下巴都会让他拔刀相向,已经有两人险些因此送命。那些感冒鼻塞的人,都怕得不敢喊他①。

庄兵卫对这些事自有耳闻,所以他也有些发憷,生怕喊错名字,每次都清清楚楚地管他叫"阿古十"或者"阿古十郎"。这世上只有一个人,敢面不改色心不跳,当着阿古十郎的面大喊"颚先生",那就是十郎的表妹花世。只有她喊颚先生时,阿古十郎才会笑眯了眼,马上回应道:"嘿嘿,怎么啦?"

阿古十郎的态度可谓是失礼至极,庄兵卫也是又愣又气,可就这么留他在家也不是一回事。刚好北番所空出一个例缲方的职位,庄兵卫便又花钱买官,让十郎做同心的下级见习。

例缲方一职归在奉行下面,主要负责查找刑律判罚的前例,算是个比较体面的职位。可十郎丝毫没有感谢舅舅之意,只从番所的书库中搬出成堆的赦免录和捕犯录,也不去当班,就睡在弓町一家干货店的二楼,从早到晚地埋头猛读。

庄兵卫担心影响不好,让他住来自己府上,十郎却说没意

---
① 日语"阿古"和"下巴"发音相近,若感冒鼻塞,清浊不分,极易口误。

思,不肯听命。然而那之后不过三日,十郎突然再次造访庄兵卫家,说些打趣挖苦的话,最后又讨了一点零花钱。十郎确实没有干什么坏事,有时还会出出洋相,让人没法打心底里厌烦他。庄兵卫也不知自己是气十郎还是宠十郎,心情十分矛盾。

十郎又是单穿着那件黑色羽二重料的旧袷褂,一条茶色献上纹腰带扎得很低,都拉到屁股下面了。他伸手拍着裸露的胸膛,道:"我说舅舅,您也太没用了。这样子跟个小孩似的。"

"什么小孩,不许说这种没大没小的话。竟敢说我没用,原本——"

颚十郎接茬道:"原本这盆金贵的万年青会枯死,都怪我的不是。您让我将它从走廊搬进来,可我手滑不小心将花盆打翻。这并非是有意使坏将这万年青颠个倒,但我接受批评,今后绝不再犯。您瞧我这手笨得很,常把事情搞砸,今天正式来向舅舅再次道歉。话说回来,不过是上下颠倒一记便会枯死,这万年青也真是娇气,太难伺候。舅舅,莫非这盆草是假货呀?"

十郎也不给庄兵卫插嘴的余地,一口气说完,瞟了一眼庄兵卫,又来一句:"话说,刚刚您说什么怪话来着?什么出来出来,一定长出来?到底是什么东西要出来了?"

庄兵卫急了,结结巴巴地道:"什、什么出什么?这还用问吗?当、当然是万年青啦,出芽!"

花　世

其实颚十郎知道舅舅为何如此揪心。方才在里屋,花世将父亲最近的异常情况同十郎讲了,求他帮帮忙。十郎本想帮也不是不可,可看到庄兵卫事到如今还在拼命逞强,便觉得有些滑稽。他大声道:"哦,这真是好极了,可得好好庆祝啊,哈哈,痛快痛快。"

庄兵卫一点都笑不出来,忍不住板起脸道:"哼,这点小事有什么好庆祝的,我又不是你。"说完便转过身去,又悄悄叹了口气。

颚十郎听过花世的话,闭起眼睛将舅舅在客厅时的情况回想一遍,已将证物丢失事件的真相猜了个八九不离十。他不禁想,庄兵卫连这点小事都无法洞察,竟然能一直担任吟味方,可也真是了不起。看到舅舅失去往常的傲气,彻底没了头绪,十郎觉得他又可怜又滑稽。

这时,门外传来咔嘟咔嘟的铃声。

庄兵卫就像起死回生一般,立马走到外廊,匆匆往走廊尽头走去。

"什么情况?"

侍女答道:"淡路町的使者传话说要找的东西已查明在笠

森附近的别墅里,劳烦您速速前往,还说他在笠森稻荷的茶店等您。"

庄兵卫登时来了精神,急切地跺着脚大声说道:"告诉他,我马上就来。我要外出,去把替换的衣服拿出来,快点。"

颚十郎慢悠悠地往房里走,边走边说:"舅舅,不知您要办什么事,可这初午之日从笠森来的使者实在可疑。① 想必是个骗局,我不会讹您,劝您还是别去的好,准没好事。"

十郎的话依旧说得似是而非,让人摸不着头脑。

可庄兵卫心急得不得了,连连咂嘴道:"少啰唆!说什么胡话,这事情与你何干,闭嘴!"

"既然您这么说,我也不好阻拦。您不妨在初午之日拜拜菩萨,抵消平时不敬神佛积下的报应,说不得能得个大福报呢。"

十郎嘟囔着从书箱里翻出一本《湖月抄》,回房一躺。庄兵卫以为他要看书,没想到他却拿书打着拍子唱起小曲:"枕边乱发如柳影,芒草相邀朝归来。"

庄兵卫愣了愣,气得鼓起腮帮子出门。他前脚刚走,后脚花世便进了屋,她坐在颚十郎的枕边,脆生生地说道:"颚先生,爸爸说了吗?"

"不,他什么都不肯说。嘴巴紧得跟田螺似的,每次都这样,不好对付呀。"

"别在这里躺着,事不关己似的。"

"那我该起来干什么呢?"

"至少摆出点担心的神色嘛。"

---

① 初午有祭祀稻荷神的庙会,民间大都休息。十郎以此暗示这是狐仙作祟。

花世今年十七岁,母亲早逝,由父亲庄兵卫一手拉扯大。大概因为在父亲的宠爱下长大,她身上没有山手武家①姑娘的刻板拘谨,反而不拘小节坦率直爽,努力依照自己的意愿行事。

她同样是颚十郎的零花钱来源之一,而且比庄兵卫省事得多,十郎只需一言不发地坐在那里,她便会多多少少包一点钱,有时还会说"钱不多,拿去买小菊半和纸吧"这样的风雅玩笑话,也不知从哪儿学回来的。

花世容貌清秀,嘴角微微上扬,眼睛又大又亮,喜欢静静地盯着人看。她的皮肤白如轻纱,从内而外地透出浅桃色的血气,面色犹如远山的春霞。赤铜色狮子鬼面的父亲竟能生出这样的女儿!这样的姑娘生在武家真是可惜,要是将她送去柳桥的花街,想必会抢破脑袋闹出人命……颚十郎仰望着花世的脸,脑子里想着如此失礼万千之事。

"我说花世,路考②的学徒路之助又写了新曲,正在演出呢,那三弦琴弹得极好,听几遍都觉得妙不可言。"

花世有些恼火道:"又说这样的风凉话,这又不是在看戏!爸爸瞒着我,搞得我也不好开口问。可看他那么消沉,我又实在担心。"

颚十郎随手摸摸下巴,望了望院子。

"别担心,就这么等着吧,人马上就到。"

"谁会来啊?"

"你看,这天气好得,不正像是园丁会上门的日子吗?"

---

① 山手是江户城内高等武士的聚居区。这些家庭特别重视家教。
② 濑川菊之丞(1751—1810,三代目),歌舞伎演员,通称仙女菊之丞,仙女路考。濑川菊之丞是歌舞伎头衔,历代都以反串女角作为拿手好戏。

花世怒道:"没一句正经话。爱开玩笑就开吧,我不管你了。"说罢气呼呼地走了。

颚十郎听到花世的脚步声出了带锁的门,便下到院子里,往后门走去。他打开了木门闩,而后又回到房内。

眷　属

那之后小半刻(约一小时)……

十郎拿过烟盆①抽烟,正往天上吐烟圈,后门突然开了。一个身穿印有园丁标志衣服、二十五六岁的英俊小生猫腰进门。

"大老爷说松树的枝梢长得不好,让我来浇点儿文蛤汁。"

"哦,这事我听说了。今天初午你还干活,真勤快啊。"

"嘿嘿,您过奖。"

"你那儿一股文蛤腥味,怪熏人的。无妨,你干你的活儿吧,顺带把下边的枝条修修。我就在这里看着,告诉你怎么剪。"

"好,劳烦您了。"

"啊,还有,有一盆万年青突然不行了,你顺便也给瞧瞧。"

十郎慢慢扭头,用下巴指向盆栽架:"就在那里面呢。"

那园丁师傅扫了一眼盆栽架,立刻就看到锦明宝。

"哎哟哟,这可病得不轻,都长斑点了。不赶快救治一下怕是要糟践了。"

"这玩意儿真娇贵。"

"也有人觉得娇贵的养起来才有意思。"

"哈哈哈,没错。说白了这都是有钱有闲的人的消遣玩物,像我这样寄人篱下的权八可供不起。你看着办就行。"

---

① 一整套抽烟用具,内盛火石、吹灰、烟丝盒、烟杆等物。

"早知这样,我就带工具来了。"

"你有什么需要的吗?"

"有,想和您借个喷雾瓶。"

"喷雾瓶我记得收在杂物间里了,这就给你拿过来。"

十郎说罢,慢吞吞地走出房间。

园丁目送十郎离开,忙将锦明宝从架上取下,喘着急气用双手将它抓住。

他本以为颚十郎已走,不想十郎立马又转回来,指着盆栽架说:"哎哟,记岔了。喷雾瓶应该放在架子下面的木箱里呢。"

园丁一惊,忙放下万年青,一头钻进架子底下,翻找箱内。

"哦,有了。我还要一点水。"

"水就用这个水壶里的吧。"

"好。还有,不好意思,我想要点绵白糖。"

"白糖?要那个做什么?"

"这是我们这行口口相传的秘诀,拿白糖水喷在叶子的合缝处,会有不可思议的奇效,能让它起死回生。"

"哦,是嘛,小事一桩,这就去给你拿。"

园丁刚以为十郎走了,没想他又回来说道:"舅舅看资料时吃的冰糖就放在这盒子里呢,你拿它化开用吧。"

"好。"

"还有什么需要的吗?"

园丁已是气喘吁吁,说道:"还要一双方便筷,我要给它做个支架。"

"方便筷就在你面前,在那盒子边上呢。"

"好。"

"接下来要什么呢?"只见颚十郎袖手怀中,一脸不得要领的样子,突然轻蔑地一笑,"接下来要的是我的命吗?"

转眼间,园丁就像变了个人似的,表情变得十分凶恶:"切,还以为是个傻子,大意了!"

他突然从围裙中摸出一把闪亮的匕首,跳上走廊大喊一声"去死吧",单手握匕首冲了过来,不料却被十郎一把抓住胳膊,顺势丢进院子。

"你可别乱踩。要是踩坏了草坪,舅舅回来要生气的。"

大概是觉得打不过十郎吧,园丁垂下了匕首,他眼睛充血,四下张望着往后门跑,边跑边道:"混蛋,竟敢给我下套!"

颚十郎淡然道:"别开玩笑,后门开着呢。我不是捕快,只是个例缲方,可不管抓小偷。你先跑着,捕快容后就到。"

园丁一愣驻足,只听十郎续道:"我说,你是妖狐吧?"

"什!你说什么?"

"舅舅是被笠森稻荷的使者叫走的,想来当是妖狐眷属。"

园丁边慢慢后退边道:"对,是狐狸,我们是九尾狐!你竟敢对我如此无礼,下次一定咬掉你的肚脐!既然放我走,就休想再抓住!"

颚十郎捏捏肥大的下巴,说道:"不,这可不成。我是抓不住,可舅舅他一定能抓住。虽然他面相愚钝,直觉却很敏感。看到藏在万年青盆底的印盒上刻的叼着稻穗的野狐高肉雕,定会想起堀江大弥的指物绘[1]。我说的对吧,堀江?"

[1] 武将们为了区分阵营而绘制的各自的标志图案。

那人的脸色越来越难看，低下头咬着嘴唇，将匕首收进围裙里，垂着脑袋静悄悄地离开了。

颚十郎将锦明宝的花盆放在舅舅的书桌上等他回家。傍晚时分，庄兵卫怒气冲冲地回来，鼻头上还红了一块。

颚十郎笑嘻嘻道："怎么样，果然是圈套吧，所以我就劝您别去嘛。这初午可是大凶之日。"

庄兵卫跺脚大吼道："少啰唆，你给我闭嘴！"

颚十郎若无其事道："您发火也不是个事。话说舅舅，其实我知道您在找那个印盒。你一心认定是自己弄丢在半路，拼命在外面搜寻，可我怎么想都觉得这盒子应该还在家里。"

"说什么傻话！"

"印盒是五天前丢的，万年青开始枯萎也是五天前。两件事是不是有点关联？您不如好好瞧瞧万年青，再推敲推敲。"

庄兵卫一脸怒容，抱着手思量起来，不一会儿，他突然拍了拍膝盖，跳起来道："哦，我明白了！喂，阿古十郎，印盒是藏在花盆底里了吧。想是那贼人要偷回印盒，将要得手之际突然听到有脚步声，也就是你小子的脚步声。贼人大惊，不知如何是好，想到带着盒子逃走被抓、人赃并获的危险后果，便将这盒子藏到万年青花盆里面。谁知放进去时偶然碰开了盒盖，装在里面的凤凰角药包就掉了出来。我毫不知情，照例给草浇水，导致毒药化开，万年青开始枯萎。越浇水草枯得越厉害就是因为这个！我根本不用看盆底都知道。怎么样，阿古十，你今后要是想做吟味方，没有这点智慧可不行呀。"

庄兵卫将万年青从盆中拔出来一看，印盒果然藏在下面。

老爷子得意极了,自豪地抽着鼻子道:"你瞧,跟我说的一样吧。怎么样,怎么样,阿古十,你服不服呀?"

颚十郎呆望着他,说道:"您真了不得啊,我服了。"

庄兵卫老头子大方地点了点头,道:"知道就好,今后少说大话。话说,你小子,零花钱用得差不多了吧?"

蛎
鹬

马尾巴

"哎呀呀，真是好天气呀。"

蛀洞斑斑的旧记录册散乱在房间各处。十郎靠着满是蝇粪、早已开裂的房柱，将手从袖中伸出，捏着长长的下巴，悠闲地望着天空。

灿烂春光在破旧的榻榻米上洒了一地，晾衣架前生起一片阳炎光晕。

这天恰逢偶人节①，十轩店和人形町的偶人节庙会想必人山人海。而本乡弓町这一带的长屋，即便节庆日也是一如往常。

住在长屋里头的浪人坐在走廊边，正挽着袖子一心一意地糊伞面；他隔壁的老人则有一句没一句地哼着小曲；水井那头传来摇摺钵清洗蚬贝的声音。

"看来今天中午也要喝蚬贝汤了。虽说蚬贝是春天的时鲜货，可天天吃实在吃不消呀。看样子还得往舅舅那里走一趟讨点零花钱。上次去中洲的四季庵都是老早以前的事了……"

十郎嘟囔着拿烟杆钩过烟盆，用烟斗舀了一点已经碎得犹如火药粉的烟末，施施然地抽了起来。

---

① 每年三月三日是桃花节，又称女孩节、偶人节，有未嫁女孩的人家会把偶人摆到供坛上庆祝。

十郎现任北番所的例缲方,在奉行下面负责调查刑律的判决前例,可他却不好好当班,只从番所抱出一大堆实案录和捕犯录,整日摸着下巴看得津津有味。

他偶尔会去金助町的舅舅家露个脸,找点由头问老爷子要点零花钱,之后穿着那件衣领早已污迹斑斑的羽二重料袷褂,去柳桥的梅川、中洲的四季庵这类奢侈的高级馆子,手插在怀中大大方方厚着脸皮走进去,叫上一份觉弥酱菜配茶泡饭吃了,丢下小判一两,再晃晃悠悠地回家。实在是个怪人。

十郎一看碎烟末也抽完了,顺手将烟杆丢到榻榻米上。百无聊赖之时,突然传来一个声音:"您可在啊?"边问边走上楼梯探出脸的,是神田的捕快干瘦松五郎,简称"瘦松"。

"您一点没变,还是一脸无聊样儿。快别整天闷着了,出去走走吧,这样对身体不好。"

颚十郎听了,有气无力地道:"我也不想闷在家里。可是出门要花钱啊,我又没钱,只好待在家里生苔藓。"

"那不如去金助町吧?"

"我去得太频繁,这招不管用了。对了,瘦松,最近有什么可以吊舅舅胃口的奇闻异事吗?"

瘦松略一思索,立马拍膝盖道:"有,有!不过可惜那案子结啦,事情倒是挺离奇的。"

"这就不对了,都不问过我,怎么就把案子给办了呢?"

"嘿嘿,承您美言,这事一开始还挺复杂,可最后犯人切腹自杀了,这不就一了百了了吗?这个案子,想必就算是您出马,也准会束手无策。"

瘦松顿了一顿,续道:"您一定也有所耳闻吧,就是那个马尾巴的案子。"

颚十郎点头道:"是有人到处割马尾巴的事件吧?"

"对对,正是。可割了不少,一共五十七匹呢。第一个受害的是上野广小路的小笠原左京家,他家的坐骑'初雪'的尾巴被人从根部割走。隔天,山下门内郭岛大人家的马厩也被袭击。犯人只挑白马,又割去四条尾巴。后来,各位谱代大名①家的马厩几乎没一个逃过此劫。这马尾巴又不是拿个喷雾洒洒水就能长出来的东西,闹得江户城里的大户人家们伤透脑筋。没尾巴的马不好带出去遛。就因为这个案子,原本预定本月初在日比谷之原举行的骑马操练阅兵都取消了。"

颚十郎失笑道:"哎哟,可真是个怪贼。这到底谁干的呀?"

"犯人是西丸的御召马预配下,一个年俸禄不到二十三石的乘马役,名叫渡边利右卫门。"

"这御召马预役又是个什么官职?"

"那是若年寄支配②之一,负责管理江户城大小马厩,饲养调教御用马,管理御用马和赐给诸侯的马,在御用狩猎马场协助驱赶野马,还负责所有马具的修理。两年前,渡边利右卫门是三里塚御用狩猎马场的野马役,因为看马的眼光不错,从御囲场被提拔进西丸。听说他是上总一个著名和学家③的后代。"

"和学家跟马尾巴啊……奇怪的组合。那你怎么查出他就是犯人的呢?"

---

① 其先祖都是追随德川家康打天下的嫡系旧部。
② 次于老中,负责统筹管理老中支配以外的各部门公职人员。
③ 研究日本历史、文学、官职制度等方面的学问。

"哪里用查,之后案子查得紧,他大概是觉得逃不掉吧,便留下一首辞世和歌,切腹自杀了。"

"呵呵,辞世和歌可稀奇,是首什么样的和歌呀?"

"那什么来着……'露宿野地草做枕,小睡衣襟湿漉漉。悠悠梦中轻述说,快快想起勿忘记。'"

颚十郎又笑了,道:"听到你这么念,马内侍准得气哭。这首和歌出自《续词花》,是梨壶五歌仙之一,与赤染卫门、和泉式部、紫式部和伊势大辅齐名的女歌人马内侍写的,和你念的稍有出入。马内侍好好的和歌,被你这个大老粗捕快念得乱七八糟。话说'湿漉漉'又是个什么玩意儿?"

瘦松噘起嘴道:"说我大老粗我也认了,可那辞世和歌确实是这么写的。事实胜于雄辩,我带了誊写的给你看。"

他说着从怀中掏出一本捕犯录来,指着誊写和歌的地方说道:"怎么样,确实写的是'小睡衣襟湿漉漉'吧?"

颚十郎拿过捕犯录看了看道:"原来如此,你确定没抄错?"

"我再怎么大老粗,这点文化还是有的!"

颚十郎反复念诵这几句和歌,说道:"若是'湿漉不干'就该用ず,不会用つ。人家是和学家的后人,不可能犯如此低级的错。再说,这句最后一字也不符合和歌的作法。"

他一脸匪夷所思,细细思索起来。

"瘦松,不只用字奇怪,这整首和歌都很怪。'露宿野地草做枕,小睡衣襟湿漉漉,悠悠梦中轻述说,快快想起勿忘记'哪里像辞世和歌了?看'悠悠梦中轻述说'一句,感觉他最后还在犹豫,而'快快想起勿忘记'则好像想让人察觉到些什么。"

十郎一反常态，双手环抱胸前道："瘦松，其中必有蹊跷。"

"哦，当真？"

"那后来，马尾巴怎么样了？"

"什么马尾巴？"

"最后查明渡边利右卫门为什么要到处割马尾巴了没有？"

瘦松摇摇头道："这点最后也没查出来。谁叫犯人带着秘密切腹自杀了呢，这让人怎么查呀？"

颚十郎看了瘦松一眼，道："你刚说此案已结对吧？"

"对，确实如此。"

"大错特错也，这案子哪里结了，好戏才刚开场呢。"他说罢微微一笑，续道，"南番所的藤波，已经收手不管这案子了？"

"所以我都说了，不是收手——"

"正合我意，有钱喝酒啦。"

"哎？"

"有了这个案子，又能从舅舅那里搞到零花钱了。"

"哦哟！"

"今天是桃花节，我们去喝花世的白甜酒，顺便给舅舅敲敲边鼓。这马尾巴能换白马哩！"

瘦松惊喜交加，问道："阿古十郎，这事真能成吗？"

"能成能成，此案非同小可，搞不好是近年少见的大事件呢。"

"感激不尽，同去同去！"

粗毛织

十郎和瘦松两人来到他表妹花世的房间,花世正坐在装饰得漂漂亮亮的偶人供坛前,挑选和服店掌柜拿来的粗毛织布料。这料子是做腰带用的。她见两人进来,明眸带笑,说道:"哟,两位一起来了。我一会儿便来招呼你们,请坐下稍等。再过一会儿琴姑娘也要来,等她来了咱们一起喝一杯吧。"

花世指了指偶人供坛上的瓶子,又道:"酒在那边,正等着你们呢,今天备了一点烈的。"

"嘿嘿,你还是老样子,聪慧懂事。花世,谁要娶了你,可太让人羡慕喽。"

"哎呀,别说这样的话戏弄我,都叫掌柜的看笑话了。"

她说罢转回布匹那边,说道:"长崎屋的凸条布确实挺好,我看那边的平纹布稳重大方,拿过来让我再仔细瞧瞧。"

掌柜的搓着手道:"其实我觉得这平纹布更好看,当然价格也是平纹的稍贵一些,请看。"

粗毛织于文政年间(1818—1829)从中国传入日本,与天鹅绒、纱绫绸、鬼罗锦织一起流行一时,直到天保十三年(1842)水野忠邦推行改革政策,外来商船无法再入港口。去年秋天,一家名为长崎屋的和服店在京桥开张,开始独家销售从中国买回来的粗毛织布料。大户人家的千金小姐和艺伎们不惜重金，争相抢购。一时间，上年纪的太太们都爱用这料子做小万结腰带，而年轻姑娘则喜欢以之做岛原结腰带。

这粗毛织一匹布标价五十两，稍微好些的要三四百两，绝不是平民百姓消费得起的。这料子挺括不起皱，还有一种特别的韵味，因此有人说不拿粗毛织做的腰带根本算不上腰带。每次新货一到，那些布就和长了翅膀似的速速卖空，长崎屋因此赚了个盆满钵满。

长崎屋的门面最初只有五米宽，勉强够得上和服店的样子，可他们很快就吃进了隔壁两间铺子，一晃眼变成门面近二十米宽的大字号。

瘦松看着榻榻米上堆放着的粗毛织布料，说道："这料子窸窸窣窣带声响，让人安不下心，流行也真是奇妙。掌柜的，这到底是用什么织成的呀？"

"这是中国河西走廊的名产，说是经线用羊毛、纬线用骆驼毛织成的。为了让布料挺括，好像还会往里面加女人头发——这大概是谣传吧。以前堺港的织布坊曾试着模仿织造这料子，可到底织不出这样子来。"

颚十郎从瘦松身边伸出手来，拉过那料子把玩。不知为何，他的表情有些奇怪。只听他开口问道："掌柜的，这些都是直接从中国运过来的吗？"

"对，正是。刚刚也说了，现在日本还织不出这样的布，只能靠舶来，所以贵得很哩。"

"乍看没觉得，拿到手上细细一瞧才知道真是好料子，又挺括又别致。我也想添置衣服,你那边还有什么特别的花样,拿出来给我瞧瞧吧。"

十郎穿着一件又脏又破的裕褂,也不知心里打的什么算盘,竟然说出这样的话来。

掌柜爽快地点点头,起身出门给他去拿。十郎对一脸不解的花世和瘦松说道:"我是特意要把掌柜支开的。其实,我刚刚发现了一件奇怪的东西。"

他将方才拿在手中反复把玩的布料一端亮给两人看:"从正面瞧不出来,像这样稍稍斜过来看,看到这里织的这只小小的蛎鹬了吗?就是这里,看到没?"

花世拿过布料反复调整角度仔细观察,最后惊道:"真的,有个蛎鹬!"

"乍看以为是布料上有瑕疵,可仔细观察就知道绝非如此。这是精心在布料上织出的花纹。"

"还真是。"

"这就怪了,我从没听说中国有蛎鹬。想来中国也是有水鸟的,可那边的人又怎么可能知道这光琳①风格的图样呢。"

瘦松点头道:"此话有理。"

"我怎么想都觉得这料子是日本人织的。搞不好长崎屋的粗毛织里有猫腻。趁掌柜的没到,我们三人再分头找找。"

花世立刻应道:"好,找找看吧。"

她不愧是吟味方的女儿,对这种事上手很快。她将布匹抱在一起,往走廊这边拉开,伸手摸索布料的两侧,仔细查看后,

---
① 尾形光琳(1658—1716),画家,擅长装饰画,风格华丽。

说道:"我这里没有。"

瘦松这边也没有发现,抬头说道:"我这边也没有。"

"看来只有那一匹布上藏有花纹呀,这就更奇怪了。到底为什么要如此费劲地织出这样的花纹来呢?"

正说话间,掌柜又拿了几匹做腰带的布料进来。

三人各自拿一些布料展开,若无其事地细细查看,可新拿来的布里也没见蛎鹬花纹。

花世说过几天再挑,把长崎屋掌柜打发回去,有些不快地皱眉道:"为什么要织这个花纹呢……总觉得有点害怕呢。"

话音未落,侍女刚好把阿琴带进屋。

阿琴是春木町一家名为丰田屋的包装袋商家的女儿,与花世同门学舞蹈。她长着一张京都人偶般精致的脸,是个天真无邪的姑娘,时常与颚十郎拌嘴。

她一进屋便走到颚十郎身边说道:"哟,阿古先生,你好。上次竟敢捉弄我,人家特意拿来绯樱枝条,你却用那枝条戳我的鼻子。今天我可得好好算算这笔账,你给我记住了。"

花世将瓶子和酒盅从偶人供坛上取下来放到阿琴面前,道:"好,加油,我也帮你。"

颚十郎双手环抱,沉吟不语,没有理她。

阿琴抱起酒瓶和酒盅站起,往颚十郎身边走,身上的粗毛织腰带发出窸窸窣窣的声音,说道:"要是喝口白甜酒就醉倒了,倒是可靠。"

花世眼尖,忙道:"哎呀,琴姑娘,这腰带真漂亮,是长崎屋买的吗?"

"对,是啊。我看到有好的斜纹缎料子,便买来做腰带了。"

她往十郎的酒盅里倒酒,道:"请喝,今天一定灌醉你。"

颚十郎摸着下巴,嘿嘿笑道:"琴姑娘,我醉了说不定会调戏女孩子哦。"

"好呀,尽管来吧!在与力家里喝酒有什么好害怕的。"

"那我来真的了?"

"好,有请。"

"那你先把这条腰带解下来吧?"

阿琴爽快地起身解开腰带,道:"好了,解开了,我倒要看看你怎么调戏本小姐。"

颚十郎拿过阿琴的腰带仔细打量两端,突然说道:"喂!瘦松,花世,这里也有蛎鹬!"

比丘尼

次日一早，十郎照常在租来的小屋二楼睡大觉，忽听到楼下墙外有人气势汹汹地吼道："喂！喂！"

从窗口探头一看，只见舅舅庄兵卫正站在路上，赤铜色的光头冒着蒸汽。

赤红的脸上一双三白眼，板起脸来好像不动明王和鬼瓦。这老人仿佛为发火而生，其实人特别好，有些任性却很单纯，容易哄。他每次都让颚十郎哄得晕头转向，最后被骗走零花钱。

庄兵卫表面上嫌外甥十郎不把自己当舅舅，只顾恣意妄为，恨他恨得牙痒痒，可心里其实对十郎百般宠爱。

在他眼中，十郎看似呆傻，做什么都慢慢悠悠，却是个极有实力的孩子。但老爷子脾气倔、好逞强，所以绝不会将这一想法流露，每次见十郎只会瞪着眼睛破口训斥。

奈何颚十郎早就看破了他的这种心理，知道老爷子脸色难看心眼却好，只要美言几句便会对自己言听计从，所以打一开始就没把他的训斥当回事。

十郎靠在窗边支着脑袋，用手托着如大朵夕颜花一般的长下巴，略带轻视意味地笑道："哎哟，什么风把您给吹来了？"

庄兵卫当即眼角一竖："休得无礼，什么叫风把我吹来！你这臭小子把我当什么呢!别看我这副样子,我可是——"

"北番所的与力笔头①,对吧?您每次都是这一句。好好,快别生气了,气饱了会闹肚子的。话说回来,从上往下看您的脑袋,真是蔚为奇观啊,好像黄铜灯油碟上顶着一根灯芯。"

颚十郎口无遮拦地说着俏皮话,突然话锋一转道:"您为何特意来找我?莫非是出了疑难事件解决不了,来找我出主意呀?看在我们血浓于水的舅甥关系上,我随时愿意帮忙。"

庄兵卫闻言大怒,拍着膝盖斥道:"大蠢材!对你客气点倒给我蹬鼻子上脸了!我、我要是得找你帮忙出主意,哪做得了堂堂的吟味方?岂有此理!"

"呵呵,那是为了别的事?"

"今天早上,镰仓河岸发现了一具奇怪的尸体。我想趁南番所的人还没赶到,让你这个新手组员学习见识一下,所以才特意上门找你!你小子可得好好感谢我。喂,别在那里支着脑袋了,快点给我下来,你这臭小子!"

其实,实情并非如此。

庄兵卫在印盒丢失时死撑到底,全靠十郎巧妙伸出援手才使事件得到解决。十郎不仅帮忙找到盒子,还将这功劳拱手让给舅舅,让老爷子脸上有光。

虽说十郎平时一脸呆蠢只会傻笑,却能迅速将如此复杂的案情分析清楚,还沉着冷静地把事情处理妥帖。庄兵卫的手下,没有一个人拥有这般聪明才智。一想到如此逸才是与自己血缘相通的亲外甥,老爷子就按捺不住心中的欣喜之情。

---

① 笔头是领队、负责人之意。

他打算引十郎出来查案,将这次河边浮尸案的功劳归入囊中,以此打响庄兵卫组和北奉行所的名声。

两人赶到镰仓河岸时,南番所的人还没到。

尸体保持原样,依旧泡在水中,两人让杂役用竹竿将尸体撩到岸边。

死者年纪二十二三岁,面容清瘦,脸型偏长,额头和脸颊上都有皱纹,胸口不知是不是因为疾病,非常消瘦平坦,肚子也不像一般溺死者那样胀大。

她穿一件木兰色的法衣,下身却没穿红色的裙除①,看样子不是行脚比丘尼,而是住在尼姑庵的。河岸边放着一双后跟略高、穿着光面木屐带的比丘尼草鞋。

颚十郎袖手站在一边,愣愣地望着那双草鞋。他伸手拿过鞋子,翻过鞋底看了一眼,又随手扔回地上。

南番所的同心侍卫稍后赶到,三下五除二验完尸首,做了些记录,便和庄兵卫点头致意,速速收队走了。

南番所的人刚走,瘦松就来了。

庄兵卫性急地问道:"怎么样,身份查明了吗?"

瘦松擦了擦汗,答道:"没有,这事真奇怪。我派手下所有探子去查,江户城里的尼姑庵自然不在话下,就连旅所弁天和表橹的比丘尼留宿所也都查了一遍,可并没查到有人出家、出逃。我还让他们查了杂役所的劝化比丘尼,也没发现少人。您也知道,这比丘尼的底子都是清清白白的,城里到底有几百几十个比丘尼,人数都能查出来,确实没人失踪。到底这个比丘尼是

---

① 一种和服内衣,一般穿在和服下摆里面。

从哪里来的,又因为什么投的河呢?"

十郎站在两人身后听了这段话,冷不防插了一句:"原来如此,她不在比丘尼的名单上。舅舅,这肯定是个妖怪变的。您瞧瞧,草鞋底上都没有泥巴,不是妖怪哪能做出这种事。说不定是那妖怪好这一口呢,哎哟哎哟,真吓人。"

他还是老样子,说的话让人丈二和尚摸不着头脑。

庄兵卫假装什么都不知道,听着颚十郎喃喃自语,突然灵光一闪,拉过身后的瘦松咬起耳朵来。

瘦松弓起长脚蚊般细长的上身行了一礼,调转脚跟往一桥方向跑去。

十郎嘿嘿一笑,问道:"舅舅,您怎么啦?现在追也没用了,犯人是妖怪,哪里追得上?肯定是白费力,快让他停下来吧。不过是死了个比丘尼,没什么大不了的,咱还是别管为妙。"

庄兵卫面容一端,斥道:"哼,少啰唆!你小子懂什么?你还没看出来吗,这尸首是被人穿上法衣后丢进河里的,因为她没喝进一点水。"

颚十郎拍手道:"我还真想夸您一句,'哟,了不得,不愧是吟味方笔头,能察觉到这点可不容易'。可您说的这个,连小孩都能一眼看出来呀。"

庄兵卫气得在马路中间跺脚大吼:"太过分了,竟说我还不如一个孩子!实、实在是太无礼了!"

颚十郎苦笑道:"您别在这大马路上跺脚,来,咱们快走,别再让大家看笑话了。"

庄兵卫老爷子头顶冒着蒸汽,愤愤道:"谁要和你一起走!

我一个人走！"

"嘿嘿，那咱一前一后吧，这样我也能和您说话。话说舅舅，不说别的，犯人是怎么把尸体运到这儿来的呢？"

庄兵卫边大步往前边道："这还用问？肯定是塞进藤条箱，从一桥那里运过来的。"

颚十郎袖手怀中，慢悠悠地跟在后面，道："可这世上还有船呢。"

"要是用船运，为什么要特意送到镰仓河岸来，蠢材！肯定会扔进海里！"

"这正是妖怪的高妙之处。那双草鞋底上没有泥巴，却带着鱼鳞。想必是将她装进渔船，从大川一路逆流而上来到这里。您连这都看不出来，看来吟味方笔头也没什么大不了嘛。"

"什么！吟味方笔头怎么了？你嘟嘟囔囔地说了句什么？给我清楚地再说一遍！看我以后还管不管你的事！"

"好啦好啦。"

"啰唆！"

"好啦，您快别发火了，秃头脑袋烧开都要沸出来了。"

"少废话！那也是我的脑袋！我才不和你一起走，我一个人回去！"

庄兵卫气得满脸通红，大步往神保町方向走去。

千鸟渊

颚十郎待瘦松跑回来后，对他说道："哎，舅舅赌气先走了。其实因为他在这里，我们说话不方便，所以我特意激怒他，把他给支走了。"

"可您要是惹他惹得太过分，难得快到手的零花钱怕要打水漂哩。"

"这倒是，不过反正最后破案的功劳都归舅舅，要是被他知道我心里其实什么都明白，反而不好开口。"

"真是的，像您这样的人也真少见。怎么样了，现在比丘尼的案子有眉目了？"

"有了有了，大有眉目！"

"哦哟！"

"不过案情复杂，边走边说怕说不清。"

"好嘞，我明白，早料到事情会这样……"瘦松拍了拍钱包笑道，"军费都在这里。"

颚十郎微笑道："知我者，瘦松也。妙哉！"

两人来到神田川酒家，叫了鳗鱼酒和芥末鳗鱼。

瘦松道："快和我说说这个案子的前因后果吧。"

颚十郎还是老样子，半开玩笑似的说道："《马尾巴》加《粗毛织腰带上的蛎鹬》，再配上这出《比丘尼投河自尽》，说不定能写成个三段落语①呢。"

"又开玩笑，快别说这不正经的。"

"这不是玩笑，我是当真说的。"

"此话怎讲？"

"你昨天也听到了吧。说粗毛织这种料子经线用羊毛，纬线用骆驼毛——江户城又不是中国河西，既没有羊也没骆驼。"

"掌柜的不是说布是从中国买来的吗？"

"真是从中国买的，怎么会带上光琳风的蛎鹬花样？"

"这倒是。"

"他对外号称是中国进口，其实是在日本某地织成，然后打着中国货的幌子卖高价。且掌柜的说漏嘴，说堺港曾有日本人仿制这种面料。"

"他确实说了。"

"若是在日本织的，我刚刚也说了，既没羊毛也没骆驼毛，这么一来，怎么办呢？"

"怎么办啊……"

"用马尾巴毛啊。"

瘦松一拍膝盖惊呼："哎呀，这可真是！"

"此外还有女人的头发。所以出现了没有头发的比丘尼。"

"还真不是开玩笑呀，原来如此，这三段落语实在精彩！"

"其实这都不算是我的功劳，这几件事的组合一开始就是合乎道理的。"

---

① 即兴的落语表演，表演前请观众现场说三个词，穿插在之后的落语中。

瘦松不禁赞叹道:"阿古十郎,我不是奉承您,绝对没有奉承您的意思,可您真是太厉害了。"

"不,不,过奖过奖。其实这个故事还有后话,我刚刚不过起了个开头。话说那布料上的蛎鹬花样,你觉得是什么意思?"

"您不是说那是料子乃日本人织造的证据吗?"

"此事到如今已经是不证自明。日本自然是日本,其实那布料是在江户城里织的。"

"哎?"

"想想看,江户城里哪儿有蛎鹬?"

"要说蛎鹬,自然会想到隅田川……"

"那好,蛎鹬属于什么类型的鸟?"

"往粗了说,是千鸟类。"

"隅田川附近和千鸟有关的地名是?"

瘦松稍一思考,猛地答道:"千鸟渊……"

颚十郎拍着手道:"说得对!如果我想的没错,在隅田川沿岸、千鸟渊附近,一定有一批女人被抓,被迫用头发和马毛仿制粗毛织,境遇凄惨。在这些被抓的女人中,有一个聪明的姑娘想要设法救大家出去,所以在布料的一端织上那个图案,暗示自己被关的地点。"

"原来是这么回事,这可真是大案。不过阿古十郎,您只凭布料上的蛎鹬,怎么能推断出这么多事呢?"

颚十郎苦笑道:"其实我也是刚刚想透。"

"刚刚?"

"昨天在花世那里看到蛎鹬时,我还没推断出地方在千鸟渊。直到适才见了那比丘尼的尸首,所有谜题才一下子解开。"

"此话怎讲?"

"那不是投水而死的尸首,是有人将尸体运到那里假装自杀。这只需看尸体并未呛水和草鞋底上没沾泥巴便可知晓。那草鞋底上不仅没有泥巴,仔细一瞧反而沾着鱼鳞。由此我推断这女人是被人从大川一带用船运来镰仓河岸。水路走的隅田川,再加上蛎鹬,所以才想到千鸟渊。"

"那为什么说在千鸟渊有很多女人们被逼织造粗毛织呢?"

"你看到那比丘尼的手了吗?"

"她的手怎么了?"

"她的手指上有织布茧。若是比丘尼的手,有撞木擦痕和数念珠的茧并不出奇,有织布茧就很奇怪了。怎么样,明白了吗?"

"明白了!也就是说,这姑娘被人拐骗,还被迫用自己的头发制作粗毛织。"

"对,粗粗一看就是这样。姑娘家留个光头太显眼,所以凶手才将她假扮成尼姑,给她穿上木兰色衣服丢进河里。想来那凶手应该挺慌张的,衣服给错穿成了左襟在上。"

"哎呀,太让人吃惊了。"

"去大川那头的千鸟渊搜搜,应该能找到聚集很多女人织粗毛织的地方。犯人就不用说了,肯定是长崎屋干的好事。"

瘦松起身欲去,说道:"比起去千鸟渊调查,直接抓住长崎屋更快嘛!"

颚十郎嘿嘿一笑道:"长崎屋早不在啦。"

"哎?"

"刚才经过时我看了一眼,早已是大门紧闭、人去楼空。若能彻查,想必是个罪大恶极的犯人,真是太可惜了。"

瘦松失望道:"被他逃掉了吗?"

"说什么呢,真是糊涂捕快。哪有向外行问犯人逃没逃的?"

两人点的菜正好上来,瘦松推开美食说道:"那我这就去千鸟渊……"

颚十郎伸手拉住他道:"别急,还有个故事没讲完呢。"

"哦?"

"就是那个马内侍的辞世和歌,那首歌我也想过了,看来渡边写这首歌动了不少脑筋。瘦松,他的自杀果然事出有因。"

"此话怎讲?"

"单是割掉几匹马的尾巴,犯不着切腹自杀。我认为那背后一定有更深层次的原因。到底有何原因我不知道,可他写那首辞世和歌是为了向人们传达一些信息,这点我立马就领悟了。所谓'悠悠梦中轻述说,快快想起勿忘记'其实是这个意思:一件藏有重要东西的衣服被我放在了一个地方,求你们一定要把它找出来。这和歌是他留下的谜面。"

"原来如此。"

"渡边家住神田的小川町,'かはかつや'并非'湿漉漉'而是藏衣服的地方,想来应是当铺或旧衣店吧。因为'かはかつや'也可以写成川胜屋。"

瘦松登时大喊道:"有这店,有这店!小川町一丁目的川胜屋是老字号当铺!"

"就是那儿。你去那里搜查渡边抵押的衣服,一定能查明他为什么满城割马尾巴。"

当晚,庄兵卫和瘦松找到了关押女人们的尼姑庵。走进庵内,不知从哪儿传来织布机声和低沉的织布歌歌声。

原来这尼姑庵地板下面藏着个巨大的织布坊。在大牢也似的昏暗地窖中坐着三十来个光头女人,她们拿马毛搓成的线做经线,拿自己的头发做纬线,织着粗毛织。这些女人全是当地的织布女,被长崎屋的市兵卫和他手下诱拐至此。

而那渡边利右卫门则有一个令人同情的悲惨故事。

瘦松按照十郎说的,去往神田小川町的川胜屋,找出利右卫门抵押在这里的衣服,仔细搜索,最后在袖袋里找到了叠成细细一条的真正遗书。

事情是这样的——

利右卫门还在上总做御马围场的野马役时,曾向长崎屋老板的市兵卫借过五十两小判。作为抵押,他将自己的妹妹小夜送到长崎屋做帮佣。

市兵卫让利右卫门收集马身上掉下的毛,利右卫门不知他要做何用,不过还是依照吩咐,每月三次往长崎屋送毛。后来他借调到江户之机,暗中打听了长崎屋的底细,这才知他们竟诱拐附近妇女,让她们用马毛做粗毛织。

然而再怎么说,长崎屋曾对自己有恩,就算知道自己亲手将妹妹送入虎口,被他们剃光头发在尼姑庵的地窖里织粗毛织,利右卫门也没办法当面阻止。

因为实在无法明着举报,利右卫门心生一计,即到处割马尾巴,在江户城中引起话题,希望上面的人能查到千鸟渊的地下织布坊。可在奉行所查清他的打算之前，这些心思便被长崎屋看穿。对方不仅派人盯梢利右卫门的行动，还威胁他说如果告密就要了他妹妹小夜的命。利右卫门走投无路，决定牺牲自己来换得妹妹平安，便将遗书缝进袖袋，拿去安全放心的老字号川胜屋做抵押，留下一篇奇怪的辞世和歌后切腹自杀。

　　长崎屋的掌柜在金助町时觉得颚十郎三人的行为有些怪异，出门后在隔壁偷听，知道自己的罪行就快败露。他离开庄兵卫的府邸后立刻回家通知同伙离开，又杀了小夜报复利右卫门，将尸体丢在镰仓河岸。

　　据被救出来的女人们说，想出织一个优雅的蛎鹬花样来告知自己被关在地下织布坊的那位聪明姑娘，正是利右卫门的妹妹小夜。

镰鼬风魔

钓鱼说教

神田小川町有家"川崎"垂钓用品店。店门口的大榉木招牌上刻着吊钩与河豚的组合图案,设计别致。人们通常将这里称为神田的小河豚屋,是家颇具历史的老店。

颚十郎在店头将钓钩、钓竿和钓饵摊得满满当当,不得要领地逐一翻看。看样子,他似乎是太过无聊,终于打算开始垂钓消遣了。

十郎对面,是行家模样的店掌柜。这个蒜头脸掌柜从钓鱼的起源、流派讲到涨潮退潮和饵料好坏,滴水不漏,如数家珍。

这阿古十郎还是老样子,单穿着那件脏兮兮的羽二重裕袢,腰边别着一把绛红涂漆、做工粗糙的护身刀,用手摸着那如冬瓜般长得离谱的下巴,听得津津有味,毫不腻烦。谁叫他有的是闲,反正日头还高呢。

"说到钓青鳝呀,第一个钓到这鱼的是宽文年间的五大力仁平。那之后,夏钓青鳝与春钓鲫鱼、秋钓鲻鱼和冬钓鲫鱼一起,并称为垂钓四大样,是最具江户风情的钓法。青鳝按照大小颜色,叫法各有讲究。超过一尺的叫寒风,八寸以上的叫鼻曲,七八寸的叫三岁鳝,五六寸的那是两岁鳝。头年的鳝鱼肚子发白,两年的变成淡黄色,到了三年以上,鱼肚黄中带赤,鱼背乌黑发亮。海里的鳝鱼叫白鳝,青鳝则为河鳝。钓鳝鱼在钓钩、钓竿、鱼线、铅坠儿和饵料上都有讲究,三言两语难以说清啊,嘿嘿。"

"原来如此,明白了。那我问你,现在这个季节,哪里有鳝鱼的渔汛?"

"垂钓的时节跟气温、天气、月相、潮汐都有关。根据潮水的清浊,每年的渔汛时间各有不同。今年潮汐甚好,若是现在这个时节,渔汛应该到铁砲洲的高洲了吧。鱼群会先到久志本官邸一带,聚集在从棒杭到樫木之间的七八町。秋分后的十天之内,鱼群游到中川河口,再往后应该会在佃以及川崎一带。"

"明白了,您真是了如指掌啊。"

"过奖过奖。"

掌柜的嘴上这么说,表情却颇为得意。

"照您说的,只要是钓青鳝的,这几天该都集中在那片儿?"

"不不,不能说都。能看着潮相挑地方的,都是有点实力的垂钓高手。"

"那我就去问问那些高手们到底怎么个钓法吧。看看是不是只要到了那儿一竿子挥出去,随便就能有鱼上钩。"

"您开玩笑吧。"苴头一脸不快。

"当然是说笑,其实我有事想问您呢。"

十郎从怀里掏出一只钓钩,道:"我父亲痴迷垂钓,临终前唤我到枕边说血缘难逆,我早晚有一天也会爱上垂钓,到了那时万不可用其他钓钩,一定要用这只钩子钓鱼。说完就去世了。这是他老人家的临终之托,我想着既然要钓鱼,就用和这柄一样的钓钩试试看,不知咱店里可有和这一样的钓钩吗?"

十郎还是老样子,话说得虚实相生。那掌柜的看了钓钩,道:"钓鳝鱼用的钓钩非常讲究。有名的有善宗流用的冲钩、宅间玄牧流用的隼钩、芝高轮的垂钓名家太郎助流用的筥钩……各流派式样不同。可您这钓钩只是普通的见越钩,十分常见。亏了令堂临终托付,这种钩子,我家店里卖一文钱一个。"

颚十郎摸摸头道:"糟糕,老底都被您看穿了。没错,我父亲生活简朴,他会用的钓钩基本就值这价。而且这是我这辈子头回垂钓,挑贵的渔具也没用,您给我配一套便宜的就行啦。鱼篓可以拿旧铁炮笊篱代替,鱼饵罐用旧牙签罐便好。最关键的是钓竿、鱼线和钓钩。这些可没法用晾衣竿与双股缝衣线……"

十郎边说边挑了根便宜的钓竿,又扯了几米黑色防水鱼线,最后拿了五个一文一只的钓钩付钱,瞥了一眼呆若木鸡的掌柜,潇潇洒洒地走出店门。

这个颚十郎住在本乡弓町的干货店二楼,每天悠闲地躺在家里翻阅过去的捕犯录。然而,他并非是无所事事,看样子似乎在深入思考。可他这样子又与世间常见的学习方式不同,既不做朱批也不记摘抄,只是趴在榻榻米上,抠着鼻孔不紧不慢地一页页翻看。照这样看来,颚十郎若非蠢货,那一定是头脑相当聪明之人。总而言之,颚十郎平时看来有些呆傻,让人抓不到要领。

对了,之前有这样一件事。

十郎在甲府勤番当班时,衙门里曾有个检校[①]投井而死。

[①] 负责管理寺院神社、监督僧人尼姑。

那检校是个光棍,家境富裕,大家都觉得他没道理自杀。当时死者家人来了,想给他下葬。颚十郎突然晃晃悠悠地过来问,死去的这位检校在井里面是脚朝下还是头朝下。下井捞尸的男人说是头朝下,倒着掉进去的。十郎一听便说这肯定不是投井,是被人推进井里的。若是自己投井,必是脚朝下跳进去,头朝下投井的,一百人里也找不出一个。

后来一查方知,检校家的男佣人偷了主人藏的钱,还将主人推进井中。

另一件事是这样——

那是十郎辞掉甲府勤番的官职去往上总,在富冈的望族家里借宿期间的事。他才住下没多久,隔壁街就发生了一起旧货店失火烧死老人的事件。

颚十郎袖手怀中,出神地望着暗火未灭的废墟,看到烧成黑炭的尸首,他回过头去对一同来看热闹的同伴说道:"他不是被烧死的,而是被杀后丢进火场。若真是烧死,尸首该在瓦砾下,可这具尸体却压在瓦砾上面呢。"

同行的人大吃一惊,偷偷告诉过来勘察的同心侍卫。他们一调查,果然和颚十郎说的一模一样。

富冈望族的老爷夸奖颚十郎的眼力好,十郎却害羞地笑道:"这些不是我的智慧,都在《洗冤录》里写着呢。"

风　魔

泉水泛着涟涟波纹,树影摇曳。

有一人闷闷不乐地坐在宽走廊边,膝头放着一本蓝皮书,身边摆着笔墨纸砚,正愁眉苦脸地砸着烟灰缸。此人正是庄兵卫组的头领——森川庄兵卫。

他光溜溜的秃头上扎着一个小小的发髻,那狰狞的面孔好似往矜羯罗童子①脸上刷了一层柿漆,活像能剧的狮子鬼面。庄兵卫一会儿砸烟灰缸,一会儿摔烟杆,时而抱起双臂,须臾却又松开,一看便知他十分焦躁不安。

离他稍远之处,乖巧地坐着一个年方十七八、长相清秀的漂亮姑娘。

她是庄兵卫的女儿花世。庄兵卫四十岁才得到这个独生女,对她疼爱有加,巴不得捧在手心。若是换作平时,光是女儿坐在身边,老爷子就能乐呵半天,可今天不知吹的什么风,他竟没察觉到花世坐在身边。

庭院里,当季的鲜花争相斗艳。

看庄兵卫身边摆着文房四宝,不知道的还以为他要写俳句。可这位老爷子完全不是有如此风雅趣味之人。他苦苦思

---

① 八大童子之七,侍奉于不动明王的左侧。

索的,是最近将江户城搅得鸡犬不宁的镰鼬风魔杀人案。

本月初,江户城里出了一件不可思议的大案,让人不知从何查起。一时间,满城人心惶惶。

本案每隔一天就出现一名死者,一连五人在大街上被人割喉一刀,倒地死去。

最初的被害人是本所地区猿江家的老富翁,他被人发现面朝下倒在新凑稻荷神社前。这位老者刚拜访过门迹①,怀里揣着二十余两小判,可这笔钱原封不动地留在怀中,仔细查验后也未见其他财物失窃。

隔天夜里,一个武艺高强的佐竹家臣也被人以同样手法割喉杀害。他倒在越前护城河小道边的水沟里,正好在渔船"船松"附近。就这样,先后五人惨死。

被害人的伤痕十分罕见,伤口从左耳后面到喉结,割出一道半月形的弧线。这一下深深地割断颈动脉,被害人恐怕是一声惊叫便立刻倒地身亡。

此案有两大特点,一是每具尸体上的伤口皆呈一道完美的镰刀弧形;二是所有被害人均未遗失财物。将各被害人的伤口一对比,发现不论是位置、大小还是镰刀的弧度都一模一样,丝毫不差。

最初看到这伤痕,有人提出此乃用镰刀割喉致死——迎面擦肩而过,突然从背后砍向被害人,刀尖先扎进喉咙,向耳朵的方向一拉,便形成这般伤痕。这是最普通也最容易想到的解答。

可是大家仔细查验伤口后,发现伤口在侧颈部较浅,越近

---

① 由日本皇室贵族任职的寺院的住持。

喉结越深,最后往上一挑。若是从后面袭击被害人,拿刀顺手一割,绝不会留下这样的伤口。

不仅如此,再次检查发现,这刀刃在割到喉咙前,留下的是不可思议的浅显擦伤,既像是刀尖微微颤动,又像是其他锐器留下的伤痕。割到喉管附近,伤口突然嵌入,留下一个深深的新月形豁口。

若要人为留下这等伤口,想必是在擦身而过的瞬间拔刀出手。可实际模拟一番后发现,武艺再强的高手也无法在转瞬间留下如此完美的弧形伤痕。况且本案中几名被害人的伤口位置、大小都如一个模子里刻出,实难想象是人类所为。最终大家得出的结论是,这恐怕是镰鼬风魔下的狠手。

自古以来,人们触到疾风,有时会在皮肤上留下意想不到的镰刀形伤痕,也有人因此大量失血甚至送命。此类事件在越后、信浓和京都的今出川一带时有发生,那镰刀形的伤口就被称作镰风。人们认为这是一种名唤镰鼬风魔的妖怪干的好事。据《倭训栞》载,奥州、越后、信浓一带常有旋风刮伤行人之事。此风故名镰风。镰风常出现在严寒之时,乃阴毒之气,与中国流传的鬼弹[①]是一类东西。

现在摊开在庄兵卫膝头的,正是这本《倭训栞》——他在阅读跟镰鼬风魔有关的篇章。

庄兵卫一直面色凝重,花世觉得无聊,搭话道:"您说这世上真有镰鼬风魔吗?"

[①] 据《搜神记》载,益州永昌郡不韦县有条怪河,人称禁水,凡过河者必会生病死去,只有十一月和十二月过河的例外。人们怀疑河中有不见其形不闻其声的怪物作祟,俗称鬼弹。

庄兵卫戴着老花镜,瞪着一双不动明王的三白眼,抬头看看花世,应道:"要没有可怎么办?再说所谓镰鼬风魔——"

花世微微一笑,说道:"好啦,所谓、所谓,我听得耳朵都要起茧了。那您说这镰鼬风魔长成个什么样啊?难不成是鼬鼠拿把镰刀?我可真难以想象。"

"鼬鼠拿镰刀?傻孩子,非要说什么样,那也该是鼬鼠蹿出来拿尖爪挠吧……哎,吵死了!"

"哟,真吓人。爸爸,您快抓住它,把那尖爪给剪了吧。"

"说什么胡话,我堂堂一个顶天立地的与力笔头怎么能去抓鼬鼠!真是个傻孩子。"

"可这天下的与力笔头碰上镰鼬风魔,却是无计可施啊。爸爸,我告诉您个好办法。"花世说到这里顿了顿开始偷笑,好像在吊庄兵卫的胃口。

庄兵卫催促道:"别卖关子,快说,你有什么好办法?"

"您去两国①叫个香具师②来吧。"

"叫香具师来做什么?"

"香具师和做板血③的不是好朋友吗?"

庄兵卫被摆了一道,只得不快地嗯了一声。

这时,瘦松进屋来了。他一改平时的随便穿着,身穿一套八反和服,腰上系着茶色献上腰带④,怎么看都像个上州丝织品店的小儿子。

---

① 昔日著名的城下町,今之墨田区本所地区。流经这里的隅田川上的桥,两侧分别是武藏国和下总国,故称两国桥,这一片地方也由此得名。
② 小商贩。
③ 鬼屋的招牌大都是涂了假血的木板。而且日语"板血"跟"镰鼬"同音。
④ 一种经线密度很大的腰带,系上后很难散开脱落。真正的名字是博多腰带,后来因为是当地藩主每年献给幕府将军的贡品,又名献上腰带。

"怎么穿得这么豪华,好像暴发户呀。"

瘦松嘿嘿一笑,摸了摸发髻道:"我想会会那个割喉魔,所以才穿这么显眼,整天在佃那一带转悠。不过到今天我终于忍不住放弃了。五天前在矢之藏不动前的那起案子,最后查明依旧没有财务遗失。最初认为被犯人拿走的那五十两小判,在受害人家的神龛里摆着呢。这么看来,说不定真是……"

庄兵卫得意道:"你看看,果然还是镰鼬风魔干的吧。"

"这搞得我不得不信。镰鼬风魔这妖怪,在越后、信浓倒有听说,可江户城自开府以来就没听说它出没。这到底还是让人有点难以信服呀。"

"可能是妖怪来隔壁串门吧。今年越后、信浓收成不好,妖怪闲着没事。"庄兵卫随口说着,看那样子他自己都觉得这解释有点牵强。

"哟!"门口突然传来颇具气势的一声吆喝。

三人吓了一跳,转头一看,颚十郎扛着钓竿正站在门口呢。

他胡乱穿一件缩了水的裕袢站在门口,浑如走上歪门邪道的浦岛太郎。

庄兵卫的额头瞬时泛起青筋,呵斥道:"休得无礼!哟算个什么招呼?你、你还把鱼竿扛进屋里!真是太失礼了!"

十郎站在门口说道:"您还是老样子啊。这轰隆轰隆的,一把年纪了雷声还这么响。"说罢狡黠地笑道,"我说舅舅,这几日潮相甚好,咱们去钓鱼吧。偶尔吹吹海风对身体也好。"

庄兵卫勃然怒道:"我都忙成热锅上的蚂蚁了,你还有空喊我钓鱼?"

十郎根本不听他的话,续道:"这不是舅舅常说的吗?钓鱼有三好,一来养心气,二来治性急,三来助生发。您是我唯一的舅舅,我担心您,至少得让您空出一天来休养生息。这也是因为我们乃近亲,血浓于水,您不觉得高兴吗?"

　　他看了瘦松一眼,又道:"哎哟,这可太豪华了。正好,瘦松你也一起去吧。江户城第一的捕快在垂钓,这场面可真有夏日风情。今天我可不许你不答应。"

　　十郎说这样的话必是事出有因。花世很快觉察到这点,蹭到父亲身边劝道:"爸爸,您快别闷在这里愁眉苦脸的了,出去钓鱼散散心吧,指不定能看到有意思的怪鱼呢。"说完便赶着庄兵卫让他动身出发。

铁砲洲

那天天气晴好，对面的佃岸上到处晒着渔网。夕阳洒满河面，泛着一片淡淡的红光。在铁砲洲的高洲，不过七八百米的河滩上人头攒动，上下挥舞的钓竿在夕阳中闪闪发光。

有的钓客穿着二尺多高的高台木屐，站在水中垂钓，也有的驾船驶到河中央垂钓。当时恰逢涨潮，每个钓客都忙碌得很。

庄兵卫老爷子有过垂钓经验，还玩得十分讲究。他刚出门时还念念叨叨地生闷气，可一开始钓鱼便很快找到乐趣。老爷子好讲究，身穿渔夫专用的短蓑衣，不断挥动分节钓竿，钓得专心致志。

瘦松不太能钓。他那样子活像是个做工精致的稻草人，笨拙地挥着钓竿，远远伸出，鱼线垂在水中，绵软无力。

而颚十郎则一刻都不消停。他一反常态，也不知觉得哪里不对，每次放下鱼线就又拎起，一会儿往上游走，一会儿往下游晃，看着像是在找地方，可踢了一脚潮水又回到瘦松身边。

因与平时反差甚大，瘦松忍不住问道："阿古十郎，您今天是怎么了？好像衣服着了火似的静不下来，这样可钓不到鱼。快坐到我身边，定下心来下钩试试吧。"

颚十郎有些呆傻地道："我在和鱼儿赛跑呢，不过看样子是追不过它们了。好啊,就在这儿坐下吧。话说瘦松,你能和我保证,在这里静静地垂下鱼线就一定能钓上鱼吗?"

这话说得十分奇妙。瘦松有些不知怎么回应,说道:"我倒是保证不了,不过您可以先试试。"

"那我不干。只要你不保证一定能钓到,我就去那边拍水,让你也钓不成。"

"这又是为什么呀?好,好,我保证还不行嘛,您先试试。"

颚十郎微微一笑,道:"好嘞,你终于下了保证,可一定要让我钓到啊。不过,瘦松,我想钓的可不是肚子发白、一指多粗的鳝鱼哩。"

"嘿嘿,莫非您想在铁砲洲钓红鳍笛鲷?"

十郎摇头道:"不,比那更大。"

"您又说笑了,那您想钓的是三崎的银鲳?"

"不够大,不够大。"

颚十郎的话有些贫嘴,瘦松赌气道:"难不成您要钓鲸鱼?"

十郎站在水中,捏着长下巴道:"不不,那倒没那么大。"

"我猜不出,我可不想吹着晚风和您玩猜谜,把鱼的名字念个遍。鲨鱼也好秃头海怪也罢,想钓哪条随您便。回头钓着了要拿去两国的庄园请地①里展示,我倒是能搭把手当护卫。"

"别生气嘛,你气得噘起嘴来,好像那花蚊子转晕了头,真少见。我刚才不是在捉弄你,我说的都是实话。我可不会为了风雅或开玩笑特意拉你来钓鱼,我是希望你能帮我钓起我想钓

---

① 德川幕府施行土地公有制,将土地划分成小块后由农民轮换耕种,以求贡租和土地利用的平等化。而那些未纳入公用地的私有地,就称作请地。

的东西,所以才把你引到这里。怎么样,瘦松,能帮我一把吗?"

瘦松正色道:"听您这番话,不论什么忙我都一定帮到底——您想钓的到底是哪条鱼啊?"

"海里没有的鱼。"

"这可有点不好办。"

"是镰鼬风魔。"

瘦松大惊:"哎?阿古十郎,莫非您……"

阿古十郎用下巴指了指河滨下游道:"镰鼬风魔,就在那儿游着呢!"

杀 手

那人年纪三十五六岁，表情孤傲，面色发青，只有嘴唇异常鲜红。虽说不到长相奇异的地步，可这张面孔却流露出难以言表的凄厉之色，让人不寒而栗。他身穿一件及膝盖的麻布夹衣，站在水中，水没过脚踝，正拿着钓竿静静地垂下鱼线。此人才到没多久，方才还没在这一带看到他的身影。

此人腰边松垮地挂着一把笔直的长刀，右手插在怀中，左手挥着钓竿。他头顶的月额①发青，穿着干净讲究，不像浪人武士，应是有一定地位的大名家臣。

瘦松不愧是经验丰富的捕快，他假装看涨潮，伸手挡在眼睛上，从指缝中将对方细细观察一番，若无其事地扭头转向颚十郎，目光犀利地问道："阿古十郎，就是他吗？"瘦松说话间，腰盘已微微往河岸方向挪动，摆好架势，随时可以断了那武士的后路。虽说这捕快一职不过是谋生的手段，可他确实是做得滴水不漏。

颚十郎点头道："对，他这就要起竿了，你盯紧竿梢看仔细，可别走神。看过就知道了，你一定会认同我的判断。"

"好。"

---

① 日本成年男子会将额头至头顶中间的头发剃掉，所剃掉这部分就是月额。

瘦松在钓钩上装好饵料投进河里，转过腰去，将钓竿对着那武士，全神贯注地盯着那人的竿梢。他将自己的竿梢和那武士对在一起作为参照，这也是捕快的经验之举。

须臾，好像有一股气力传到了武士的手臂上，他的手臂微微一颤。

只见他屏住呼吸，膝部和笔直伸向河面的手臂皆是一动不动，只有鱼竿前端在空中划出一道三寸来长的新月形。也不知这是何种绝妙技艺，钓钩带着一尾青鳝自动甩回鱼篓。这一招既有技巧又具气势，与剑道奥义融会贯通，极其撼人。

"怎么样，瘦松，看明白了吗？"

瘦松一脑门的冷汗，说道："确实震撼。"

"一定是这家伙吧？"

"绝对没错。"

"在喉部的镰刀形伤口前面，总会有好像刀尖打颤一样的浅刮伤，对吧。那正是准备起竿前手臂微颤的剑气伤。"

"我明白了。"

"再者，鳝鱼回篓时，他的身体微微一侧，避开了鱼，这一动作应该与避开从被害人身上溅出的血一样。我也不知是先有剑术还是先有钓术，但他能有这番身手，想必是经历了艰苦卓绝的修行。通过钓鳝鱼来磨练在人的喉咙上割开镰刀形豁口的绝招，他的执着之心真是令寻常人难以理解。那些死在他刀下的人可真冤啊，竟被当成是铁砲洲的两岁鳝。"

瘦松坐立不安，紧盯着那个武士，恨不得立马丢下钓竿往那边跑。颚十郎抓住他的手，道："瘦松，这不像你的风格，切勿鲁莽行事。他不是你一个人就能对付得了的人物,不可白白送了身家性命。"

他顿了顿,将钓竿往肩膀上一扛,说道:"好嘞,我这就打道回府了。"

"阿古十郎,您能帮我一把吗?"

颚十郎冷淡地甩甩袖子道:"别说笑,这可不是我登台亮相的时候。我不过是在番所调查古旧记录的例缲方。逮捕杀人犯这种事我做不来。"

"可就这么眼睁睁地放人走,也太……"

"别着急,瘦松。才刚开始涨潮,那武士会再逗留一小时吧。就算他今天回去,明天也会再来。秋分已过,渔汛将持续一阵子,不是今天不钓就钓不着的。不过,我要多叮嘱你一句。万万不可往他的右边去,要往左,切记往左。"

"感谢不尽。"

"那我走了,你可要对舅舅保密啊,拜托。"

"这我知道。"

十郎就像那贫穷的浦岛太郎,一个转身消失在渐渐升起的暮霭之中。

稍远处的上游河滩上,庄兵卫正嚷嚷着叫唤瘦松,说他钓着了一条鹰羽鲷。

镰鼬风魔的真身明石新之丞被抓捕归案的那天夜里,花世来找颚十郎。

"我之前也觉得不存在光割喉咙的镰鼬风魔。不过,他是没名头的杀手,又没有线索,你到底凭什么找到犯人呀?"

颚十郎嘿嘿一笑,答道:"其实这事并不难,说到底还是因为我呆蠢。我去看验尸总要溜号,每次眼睛都往奇怪的地方瞟,这是我的坏习惯。上次去看死在'船松'附近水沟里那个武士的案发现场,大家全低头盯着地上,可我因为方才说的坏习惯,偶然抬头往天上瞧了瞧,没想到那尸体正上方有一条从墙内伸出的松枝,上面挂着一根五六寸长的丝线,正闪着光呢。我随手扯下来一看,这是条天蚕丝线,前头还带着个鳝鱼钩。鱼钩很新,一闻一股子鱼腥味。可一般人不像我这么生来呆蠢,谁会在大马路上扛着这么长的钓竿招摇过市?再加上我对钓钩不熟,想着反正也是要打听,便去了川崎屋问掌柜的。掌柜的告诉我,有一个钓青鳝的流派叫坂尾丹兵卫流。这个流派有规定,必须使用六尺五寸(近两米)长的整根钓竿。若是分节钓竿还能装进袋子,可既然是流派规定,那扛着长钓竿刮到树也就不足为奇了。那之后,我又去了品川,拜访垂钓高手太郎名人,向他打听坂尾丹兵卫流究竟是怎样的流派。据人家说,该流派鼻祖坂尾本是御阴一刀流的剑客,将剑术最高奥义融入垂钓身法之中……至此,我想就算是个孩子也能猜出来啦。"

"可那河滩上有这么多垂钓高手,你又是怎么分辨出镰鼬风魔的呢?"

"这跟你学舞蹈是一样的,练得越久,步伐就越纯熟,就会融入到舞者的身法里。如此漂亮的刀法,必定会在无意间展现在钓鱼的身法中。我第一次看到被害人的伤口,就知那是左撇子下的手,所以便在河滩上四处张望寻找,最后看到一个气势惊人的武士左手拿着一杆长钓竿正在垂钓。故事就这样讲完,我要去舅舅那里讨零花钱啦。"

老鼠

藤波友卫

铺着二十张坊主叠①的大房间正中,摆着一个大地炉。细细打磨的柏木护墙板上,整整齐齐地挂着一排带大红流苏的捕棍和捕绳,看起来威严十足。

此地乃是数寄屋桥内,南番所的专用房间。时间还早,到班的探子不多,只有三四个人。他们围坐在地炉边扯闲话,谈得正高兴时,一个三十二三岁的男人两手笼在袖子里,高傲地走进屋来。他在泥地房间脱掉竹皮草鞋,重重地踏上榻榻米,怒气冲冲地卷起外褂下摆,走到地炉边坐下。捕吏赶忙坐直身子,招呼道:"您辛苦了!"但这人并不理睬。

他的脸就像被刀削出来似的,哪儿都棱角尖锐,从侧面看那鼻子活像是鸟喙。两片嘴唇薄得一闭上就几乎看不见。他郁郁地一屁股坐下,嘴角直往下挂。

此人名叫藤波友卫,是南番所的同心,江户城里数一数二的名侦探。就算说这南町奉行所的名气是他一个人撑起来的也不为过。可他为人傲慢挑剔,是个难以亲近的男人。藤波的坏脾气相当有名,所以番所里人人都惧他三分。

藤波一年到头也没几天心情好,今天则是格外不悦。他细

---

① 没有包边的榻榻米。

长的眼中不时闪出犀利的目光,让两颊更显得凶相毕露。

捕吏见他这个模样,个个像是经了霜打的菜叶,彻底蔫神,不是搓着膝头就是整理前襟,没一个人胆敢抬头。

藤波拿余光往下瞥了瞥捕吏们,将他们一个个盯了一遍,突然厉声道:"你们倒挺闲,不错!怎么了,别僵着呀。刚才绝世美人的话正说到一半呢,倒是往下讲啊。什么酒窝深得不得了,一颦一笑都恰到好处。这话有意思,快往下讲!"

梳着瘪塌拔子鬓①的捕吏彻底慌了神,拿手摸着脖子赔笑道:"嘿嘿,我们随便胡扯呢。"

藤波终于变了脸色,怒道:"你怕什么?怎么,难不成我坐在这里大家心里憋屈,连话都讲不出来了吗?"

"您、您这是哪儿的话呀。"捕吏们吓得大气都不敢喘。

藤波抬起嘴角,狠狠地笑了笑道:"是吗,还知道不像话?那还算是正常人。我有这么好的手下可真幸福啊,哼。"

一个年长的捕吏壮胆抬头,问道:"是不是我们出岔子了?"

"少说笑,哪有出岔子那么轻巧。这次搞成这样,到底怎么回事?你们这还算活在人世上啊?就没有点骨气吗?"

"到底是什么事,我们一点也……"

"看看你们这样子!现在还说这等蠢话,总有一天被小便组的人踩在脚下。喂,你们到底打算让我这张脸往哪儿搁呀?"

"所以说,到底是……"

"既然这么想知道,我就告诉你们吧。上月交班前最后一天,去伝马町堺屋验尸的是谁呀?一口断定嘉兵卫和鹤吉死于

---

① 男子发型,两鬓状如三味线的拔子。

霍乱,稀里糊涂就交差回来的到底是谁? 快说! 我知道肯定是你们几个里的!"

这几个捕吏仿佛被大风吹过的杂草,低低地伏着身子。

藤波咯吱咯吱地咬着牙关道:"虽说现在确实流行霍乱,可上吐下泻丢了性命就说是害霍乱死的也太草菅人命了吧? 你们本行到底是干什么的? 给我好好听着,吴服桥①那边可是谨慎断案,揪着二掌柜忠助让他招出是他给被害人下了毒! 这个案子的功劳全让吴服桥那边占去了。你们倒好,一大早就聊绝世美人! 哎哟,你们可真了不起呀,在下佩服佩服。"

藤波好像要看穿他们的骨头似的,狠狠地瞪着被训得缩起脑袋、跪在地上的捕吏们,忽然瞥见在御用房间里有个男人头上蒙着和服外套正在睡觉。他的眼角立马吊了起来,大喝道:"在那儿睡着的是谁啊? 抬起头来,喂!"

慢慢掀开外套,畏畏缩缩地走到地炉边的,正是人称藤波左膀右臂的肥仔千太。他那一张苦脸好像生来就没笑过似的,眉头拧在一起,扑通一声跪下说道:"我没睡,我是在哭。其实……"他说到一半便彻底瘫倒,"其实,是我去验的尸。这真不知怎么向您赔罪才好。"

藤波有些吃惊,问道:"什么,竟然是你? 你竟然会出这样的岔子,到底怎么回事?"

他转过脸去正对肥千。肥千解释道:"被害人身上确实有红斑,表情也呆滞,腹泻拉出的粪便犹如淘米水,呕出的都是褐色胆汁,怎么看都符合霍乱症状……"

---

① 北町奉行所的所在地。

藤波环抱手臂深思片刻,忽然抬头问道:"此话当真?"

"千真万确!石井顺庵大夫也是这么诊断的,我想不出除此之外的死因……"

藤波微微点头道:"那到底中的是什么毒?"

"唉,从一开始就没人想过他们是被毒杀……"

藤波忙道:"莫非有人识得石井大夫都无法辨别的毒物?"

肥千不甘心地咬着嘴唇道:"又是那个下巴怪干的好事。"

藤波咋舌道:"啧,那长下巴到底是何方神圣?是大神还是佛祖?他真是在番所里翻旧账的例缲方吗?以前倒是小瞧他了!哼,亏我之前只觉得他有点小聪明,却绝不可能有这样的大智慧……喂,千太,以防万一我再问一句,你觉得那个叫忠助的二掌柜有那个脑子巧妙下毒,让石井大夫都无法辨别吗?"

"绝对不可能,那个男人整个就是一傻帽,完全不像能干出这事的人。"

藤波脸色变得十分冷峻,急匆匆地站起来道:"喂,千太,我们走。"

"哎?您现在出门,这是要去哪儿呀?"

"还用问吗?当然是去找那下巴怪决一胜负!什么招供按手印,想来肯定是严刑逼供了!我要好好调查一番,推翻他们的断案。走,我们去堺屋!"

肥千渐渐恢复精神,忙道:"您说得太对了!事到如今,死也要和他一决高下!只是凭空给您添了麻烦,当真不好意思。"

危　险

凉风从旧卷帘的缝隙间吹进，轻轻拂动颚十郎的鬓角。他正一动不动地躺在榻榻米上睡觉。过了小半刻钟，十郎美美地伸个懒腰，微微睁开眼看着日光。此时已是下午申时（十六时）。

临近傍晚还一脸睡意蒙眬的颚十郎，已在胁坂的杂工宿舍住了十天。他暗中帮在北町奉行所做与力笔头的舅舅破案，并将功劳让给舅舅，以此要来一点零花钱，回到住所便轮流在大家的房间里摆酒席。十郎并非是在消磨时光，对他而言，混在杂工马夫之间说说玩笑话，喝喝小酒乃是人生一大乐事。这种趣味无疑不算风雅，只是十郎一旦搞到了钱，便会像这样躺在榻榻米上，看着杂工们赌赌小钱，听他们胡扯不着调的闲话。这里恐怕是人世间小道消息传得最快的地方，只要在这里躺一小会儿，便能不费吹灰之力知道最近城里的各种消息。颚十郎会知晓许多不为人知的事，很大程度上是因为他喜欢流连在杂工宿舍。至于颚十郎来此是有意为之还是随心所欲，却教人说不清楚，毕竟他是个浪荡子。

杂工宿舍里没人不知道颚十郎，他在大伙儿间口碑极好。

每次颚十郎晃着那被人取了绰号的肥长下巴一进屋，所有房间顿时生机焕发。十郎与这些杂工们就是如此意气相投。

若是发生谋反,想来江户城中的杂工会定会一个不落地全站在十郎这边。颚十郎并不求杂工们帮自己做什么,只是悠闲地躺着。可这群杂工马夫都是相当体贴之人,总会主动为十郎忙里忙外。只要听到一点风声,便刨根问底打听清楚,然后跑得气喘吁吁地回来将原委告知十郎。颚十郎则总是一副有意无意的样子,随口附和着听他们说。仔细想想,颚十郎和杂工之间的关系真是不可思议。

大名的上宅官邸、中宅官邸①一共五百六十间,按每间的最小人数计算,也有相当数量的人在为颚十郎跑腿办事。这是一股不可小觑的势力。

颚十郎和杂工们的情况大抵如此。他看似木头人一个,也不知是有心还是无意,竟在江户城里发展出这么大一股势力。知道此事的人并不多,他舅舅庄兵卫就更不可能知道了。老爷子嫌十郎有碍体面,整日念叨他是傻瓜一个,竟爱往杂工宿舍里钻。这一年到头只穿一件袷褂、长相奇异好似夕颜花上长了眼睛鼻子的掉队勤番到底哪里好,竟会受到这么多人的喜爱拥戴,细细想来也真是不可思议。

不可思议的话就先说到这里。只说颚十郎终于睁开眼睛,再次伸了伸懒腰坐起身来。刚起身,就有杂工送来了食案。

"请先生用餐。"

颚十郎会慢吞吞坐地起身来,一定是因为肚子饿了,杂工们深谙十郎的心意。当然,他们送来的饭食里肯定不会有鲷鱼刺身,大多是家常餐桌常见的鱼干和红烧炖菜。颚十郎也不吭

---

① 大名和旗本武士按照地位和俸禄的高低,住在不同的规格的宅子里,是为上宅官邸、中宅官邸。

声,拿过碗来就吃。他吃完饭又抽上一两袋烟,从窗口望了望天,悠悠说道:"天气开始凉起来喽。"说罢正欲躺倒,一个杂工喊着"先生有信",给他送了个信封进来。

颚十郎接过信道:"这可真是稀奇,是哪个疯傻之人给我写情书呀?"

他说着慢慢打开信封把信看完,胡乱往袖里一塞,喃喃道:"哟,这搞得不好可要打起来了。哎,真伤脑筋。"说罢便拿起那把刀鞘斑驳的护身刀,信步往门口走。消息灵通的杂工纷纷跑来,斗志昂扬地喊道:"先生!"

颚十郎不得要领地应了一声,晃着长下巴走出了小屋。

他到信上指定的坂下茶屋一看,只见藤波友卫和肥仔千太正坐在苇帘阴影下的长凳上,用带着敌意的眼神看着自己。

颚十郎走到藤波身边,大大方方地站在他面前说道:"哎哟哟,藤波先生,天气这么热,您还是如此神采奕奕,可喜可贺。啊,肥千兄也在呀。"

十郎还是老样子,尽说些不着调的话,末了满不在乎地补上一句:"你俩找我,到底是什么事儿呀?"

藤波脸色铁青,抬头道:"这里不是说话的地方,去那边。"

"哦哦,是吗,往哪儿去呀?"

藤波和千太走在前面,往冰川神社后面的小道里走。颚十郎略慢他们几步,晃晃悠悠地跟在后面。

那条小路一面是堤岸,另一面则是一小片昏暗的杉树林,鸟鸣声很细,时不时还能听到洗手台[①]清幽的涌水声。

[①] 神社门口的净手设施。

藤波驻足转身,用细长犀利的三白眼瞟着颚十郎道:"我要说的不是别的,仅仅是几句忠告。劳烦你一路走到这里了。"

颚十郎拿手掌摸着下巴,也不顶撞藤波,只顺着他的话含糊应道:"哦,费心费心。"

藤波绷紧了脸,问道:"仙波,你在番所里是什么职位?"

"哎,您也知道,我乃是例缮方兼撰要方,就是个成天跟纸虫和旧书录打交道的小吏。哎呀,说来真是不好意思。"

"这么说,调查刑律的判决前例才是你的工作吧?那就好好查你的旧账,少多管闲事。"

"那是那是,感谢您的忠告。我会注意的。"

藤波轻轻咬了咬牙,挤出一句:"嗯,看着呆蠢,倒还听话,以后多加注意。"

颚十郎彬彬有礼地作揖道:"我记下了,您要说的都说完了?要是没别的事,恕我先行……"

"等等,别怕嘛,话还没说完呢。"

"哦。"

"之前堺屋的事,你似乎也有参与。不过很遗憾,此案一定会翻案,我证据都找好了。"

颚十郎稍稍正色道:"什么参与、堺屋,到底怎么回事?您这话我可真……"

肥千一直绷着苦脸站在一边,这时突然站到藤波前面插嘴道:"什么?少装蒜,少瞧不起人!长成你这个样,就不该出来在城内转悠!老大,您不觉得他看着怪恶心的吗?我每次看过这家伙的脸,当天晚上做梦一定梦到葫芦!"

藤波咧开薄嘴唇，微微露出白牙，道："就是，这脸长得真够奇异，碍眼啊。"

颚十郎慢慢踏出一步，怔怔地瞪着藤波，好像要用视线在他脸上开个洞似的，之后突然开口说道："我说句不相关的话，藤波先生。以前我喜欢一个姑娘，爱得死去活来。她家的家纹很少见，是二盖龟的图案。我看您和服帷子上印的也是二盖龟，不觉心头一暖，便没了出刀砍您的心气，今天就放您一马吧。"

颚十郎甩了甩袖子，转身往回走。藤波和千太对视一眼，嗤嗤地笑道："什么呀，莫名其妙。咱们也回了吧。"

两人正转身往反方向走，准备回去。在他们迈步的瞬间，藤波的背后传来一声出刀厉喝，随后是一声送刀回鞘的金属音。

"竟敢动手！"藤波猛地转过身来，条件反射似的正要抽刀，却见颚十郎袖手怀中，在十米开外慢慢踱步。

"什么呀，真没骨气。"肥千故意嚷道，"我听说有人只要听到'下巴'便挥刀砍，也不知是谁……"他边说边跟在藤波身后准备离开，突然"哇"的叫出声来，"老大！"

"干什么呀，怪吵的。"

"背、背后的家纹被整个割去，皮肉都露出来啦！"

"哎？"

只见藤波那件和服帷子的家纹被整个镂空，留下一个大洞，却未伤一丝皮毛。

两人好像被当头浇了一盆冰水，对视一眼久久说不出话。就在这时，原本四下无人的杉树林中，突然有一大群人齐齐狂笑。往林间一瞧，也不知怎么回事，这林中竟如乌云一般涌出了五十多个马夫、轿夫和杂工。

老　鼠

颚十郎一进番组的审判室,就看到舅舅庄兵卫和瘦松正在敞开的花棂窗下欢然谈笑。

庄兵卫见是十郎,登时像往常那样稍稍板起脸道:"哟,浪荡子来了。我告诉你,阿古十郎,就你窝在杂工宿舍这阵子,世道可变了不少。别杵在那儿,过来坐,听我们说说立大功的事。"

颚十郎还是一脸悠闲,应道:"是吗,这样的好事我一定洗耳恭听。最近我钱财见底,此事对我来说也是意外之喜呀。"说着走到舅舅身边,大大咧咧地盘腿坐下,问道,"舅舅,到底是什么事,莫不是堺屋的案子吧?"

庄兵卫大惊道:"你小子,到底从哪里听来的？这件事应该还没传开……"

"您这么想可是大错特错。虽说不知为什么,总之这事就是传进了我阿古十郎的耳朵里。所谓越保密的消息就越易走漏,说的就是这种事吧。"

瘦松跪着往前挪了一步,说道:"阿古十郎,这回可没有你发挥的机会了。事情是这样的,上月最后一天,伝马町的堺屋有人闹霍乱,主人嘉兵卫、大掌柜鹤吉和长女三人剧烈呕吐,严重腹泻,最后不治身亡。那天正好是每月交接班的最后一天,南番所那边来的是肥仔千太,他一脸傲气地随便瞧了几眼便说这准是霍乱,说完就走了。第二天轮到我们当班,所以南番所草草地将这案子丢给我们。我们接过来仔细一想,却觉得其中有些蹊跷。"

颚十郎心不在焉地问道:"哦?什么地方蹊跷呀?"

"您听我说嘛,这堺屋每次都是六口人一起吃饭,他们是大当家嘉兵卫和他的大女儿阿绢、小女儿小夜,大掌柜鹤吉,二掌柜忠助和忠助的弟弟市造。"

"原来如此。"

"那正好是二十九日夜里,晚饭后一小时不到,刚刚说的那三人突然难受起来,不一会儿就都不行了。这事乍看没什么奇怪,可阿古十郎你好好想想,同桌一起吃饭的小女儿小夜、忠助和忠助的弟弟市造却面不改色,安然无恙。"

"那又怎样?"

"好,说到这里您还不觉得奇怪,那我就挑关键的给您说。其实对忠助来说,死去的三人对他而言正好都是妨碍,而活下来的三人则是他巴不得与自己住在一起的人。如此看来,事情未免有些太凑巧了。"瘦松顿了顿,瞥了一眼庄兵卫,续道,"其实这并不是我想到的。第一个说此事可疑的是老大,经他点破,我也觉得确实如此。"

庄兵卫抽了抽大红鼻子,接过话茬道:"怎么样,阿古十郎,虽说连石井顺庵大夫都一口咬定是霍乱,却骗不过我这个与力笔头的火眼金睛。我立马就察觉此事有蹊跷。"

瘦松接口道:"听大老这么说,我也觉得定有隐情,便去堺屋调查,了解到了刚刚我和您说的情况。原来这忠助是大当家的远房亲戚,他和弟弟市造两人于三年前被堺屋收留做帮佣,做了二掌柜。可这忠助不知何时跟大当家的小女儿小夜好上了。忠助为人内向,一看就有些阴沉,做事也不利落。嘉兵卫原就不喜欢他,现在又闹出这样的事,大当家自是气愤不已,差点将忠助和他弟弟扫地出门。后来忠助郑重谢罪,好不容易才回到店里。而这家店,嘉兵卫原打算传给大掌柜鹤吉和长女,顺便让忠助和他弟弟去开分号,现在出了这样的事,开分号一事便也告吹。只是嘉兵卫没有别的亲戚,大女儿和鹤吉一死,堺屋自然就落到忠助手里。怎么样,这么一说您就明白了吧?"

颚十郎搓着下巴怔怔听着,忽大笑道:"舅舅,还有瘦松,我不是有意学你们说话。可原来如此,这话听着有点不对头。"

庄兵卫立马暴跳如雷,怒道:"怎么,哪里不对了?"

"可不就是奇怪嘛,要是有人有这样罪恶的企图,不论如何都不会这般愚蠢犯案,让别人怀疑到自己头上,怎么想都会把自己的弟弟也给药死,以洗脱嫌疑。按你们说的,简直像在大街上逢人便说自己就是犯人一般,是不是有点太狂妄了?"

"所以说是他小瞧我们,以为将被害人伪装成霍乱就可以蒙混过关呀。"瘦松说道,"阿古十郎,你说得也有道理,不过我还有别的证据呢。听说那天晚上吃饭时,菜单里有一道文蛤汤。这忠助自言自语似的对大当家的小女儿和自己弟弟说,现在正流行霍乱,文蛤还是不吃为妙,反反复复说了三遍。因为他太强调这事,两人倒了胃口,最后也就没喝那道汤。这是备餐的女佣说的,有如此铁证,怕是无法推脱了。"

颚十郎摇头道:"听你这一说就更奇怪了。在这霍乱大流行的时候吃文蛤汤本来就不对。但凡细心之人,换作是谁都会劝上一句两句。再说,这话也未必是只对自己这边的三人说的。既然大家同桌吃饭,另外三人也肯定听到了。若他真的有意杀人,怎么可能当着一桌人的面这样说漏嘴呢?万一另三人听了心里恐惧,没喝下那文蛤汤可怎么是好。这可不是有意要杀害三个人的犯人会做的事。"

庄兵卫忍不住发了火,呵斥道:"你少多管闲事,胡乱揣测。不管你怎么说,忠助他本人已经认罪,承认是自己干的,连手指印都按好了。"

"那忠助到底是下的什么毒呢?"

瘦松支吾道:"他只一个劲儿招认杀人,其他什么都不讲。"

"那他怎么下毒的?有证人说忠助当时在厨房里转悠吗?"

"这倒没有。除了女佣和厨工,店里的人没一个进过厨房。"

颚十郎微微一笑,道:"舅舅,这么扯下去可没个完。别的事件我不知道,可此案要是这样随意断案,错误就未免犯得太大了些。算我是多管闲事吧,这就来和您说说这案子的个中玄机。不知舅舅您听说没有,南番所的藤波正干劲十足地在找反证呢。所以您现在是一手摸到断头台啦。若是南番所提出再审,最后证明忠助确实蒙冤,您可是要切腹的。到时您肚皮豁口,肝肠满地,这都不是闹着玩的。我们舅侄情深,血浓于水,我没办法袖手旁观,所以这次特意绞尽脑汁来挽救您的性命。作为保住您那肚子的酬劳,先给我二十两小判如何?"

庄兵卫瞬间没了平日的专断傲慢,面露惧色,可他嘴上还是不饶人道:"什么？无理取闹,我怎么可能断错案？难不成你要说还有别的犯人？"

"好啦,别担心,既然我接手处理,自然顾全您的颜面。舅舅,我不是说您断错案,据我调查,犯人确实就是'忠助'。"

老爷子瞪眼道:"既然这样,为什么还提异议？少瞎扯。"

颚十郎又狡黠地一笑,道:"这'忠助'确实是忠助,不过是长着长尾巴的'吱助'。① 就是这里有点不同。反正说到底犯人都是'忠助'嘛,抓错个人当然不会损及您的颜面。"颚十郎瞎扯至此,突然正色道,"舅舅,还有瘦松,你们听说过最近在江户城里贩卖的'石见银山毒鼠药'吗？那是用采自石见国迩摩郡的石见银山兴石做成的老鼠药。你们知道吗,人只要吃上一口这种药,便会出现和霍乱完全相同的症状,毒发身亡。"

十郎看了两人一眼,续道:"误食者身上会出红斑,表情呆滞,手足僵直,口述浑话。腹泻拉出的粪便色如淘米水,口中呕出褐色胆汁。人还没断气,脉先摸不出了。不论哪项症状都一模一样。就在十来天前,砂村有个孩子误食了掺有这种毒鼠药的年糕。为孩子诊断的是个刚入行的年轻医生。因为这毒发的症状与霍乱太过相似,那位医生也十分震惊。这件事是我躺在杂工宿舍时偶然听到的。"

十郎顿了一顿,续道:"我没去过堺屋,可就算不特意走一趟,稍稍推理便也将这案子的个中缘由猜了个七七八八。接下来说的这些,从头到尾都是我的推测,这么说听起来有些傲慢,可我的推测与事实绝无半分偏差。我想,堺屋必定是买了石见

---

① 日语"忠"和老鼠叫的拟声词发音相同。

银山的毒鼠药。大家都知道老鼠药是装在文蛤壳里卖的,而厨工定是将那老鼠药放在了炉灶附近的柜子上。谁知这柜子附近有鼠洞——您若不信,不妨亲往查看,那柜子一定有鼠洞。说到这里,后面的发展便清清楚楚,无须多言了。说到这次悲剧的原因,追根到底是因为老鼠进出橱柜,将装有毒鼠药的文蛤贝壳踢落。这柜子在灶头附近,边上正好放着水盆,里面装着晚饭用来煮汤的文蛤。厨工准备晚饭时,看到有一只文蛤掉在盆外,随口说哎呀这里还有只文蛤。这灶头昏暗,厨工也没多想,便将拿装着鼠药的文蛤放进锅中。你们快去堺屋把'吱助'捉拿归案吧,在这里磨磨蹭蹭的,怕要给人家溜走喽。"

颚十郎走进自己的督导——庄兵卫的独生女儿花世的房间,花世正担心这次事情的进展,在房中等他。堺屋的小女儿小夜给花世寄了一封长信。

信写在印着红梅的薄和纸上。那封用漂亮字迹写成的信里,反反复复只说了一件事——忠助绝不会做出这等事来。

颚十郎看完信,吐着烟圈道:"其实我去吟味房间见舅舅和瘦松前,先去扬屋①找忠助聊了。他像念经一般反复说人是他杀的。他说,自己曾不时地想,要是大当家和鹤吉他们都死了,世上只剩下小夜和自己该有多好。一定是自己的这一邪念成真,才闹出这样的事来,如此想来,这次的事件与自己动手杀人又有什么区别?我仔细观察忠助的表情,觉得他眼神清澈,表情有些腼腆,只看一眼便知这家伙没有杀人。"

"那之后藤波他们怎么样了?"

---

① 关押犯人的地方。

"藤波和肥仔千太去了堺屋，发现厨房的柜子里有鼠洞，不久便得出了与我相同的结论。哼哼，这次我们算是打了个平手。不过藤波他去堺屋实地考察，而我只是躺在家里推断罢了。"

第三人

左撇子

"哟,来得不巧,打扰您看书了。"

"嗯?"

藤波应声抬头,脸色发青,鬓角稀疏,缓缓扭头道:"哦,千太啊,快别在那儿弓着腰,到这边坐吧。"

"没打扰到您吗?"

"哪里,我只是打发时间才翻翻净琉璃戏,反正看了也学不会,正想找个人聊聊天呢。"

"好,那就失礼啦。"肥千撩起和服下摆,挪过肥硕的身子,到藤波身边坐好,"衙门里清净得很,好事好事。"

藤波苦笑道:"哎,你这话说得……木屐店见到下雨便笑说是好天气。①我们一忙可不见得是好事了。"

"嘿嘿,您说的是。最近确实太闲,身子骨都要散了。"

"你看看,捕快和侍卫们一起在衙门里读《菜根谭》,真叫悠闲。"藤波说罢,抿起那薄得几乎看不见的嘴唇,阴沉一笑,将小书桌推开招呼人上酒,转而对肥千道:"好久没和你在宅邸里对酌了,今天就好好放松放松吧。"

藤波一年里心情好的日子屈指可数,今天正巧他兴致极高。肥千有些吃惊,一脸不安、扭扭捏捏地搓着手应道:"嘿嘿,

---

① 日本人以前将木屐当雨鞋穿。

这真是劳烦您招待了。"忽然想起一事,用手一拍膝盖,"对了,老大,清元千贺春死了!"

"哦,几时的事?"

"我是在两刻钟前刚知道的。我在半路上看到路口吵吵嚷嚷的,就走过去张望了一下。"

"是嘛,她命硬得很,可不像是这么容易死的人……"

"她坐在长方火盆边,看样子像是一个人自饮自酌时突然暴毙。且她应是要弹琴,三味线正放在膝边,手里还拿着拨片,就这么靠在火盆边。那死相真如睡着了一般。"

"嗯,大夫怎么说的?"

"说她不是中风就是早打肩①。她嗜酒如命,自该落得如此下场。大夫推测她是在一瞬间,连自己都没反应过来就死了。若有人立刻帮她割开肩膀放出淤瘀血,说不定能救回来;可她运气不好,正巧孤身一人,也就没机会了。这死法是她自己种下的因果,乃是平时斑斑恶迹的报应呀,真真大快人心。"

"大夫说是早打肩?"

"对,我听后再次仔细观察,只见她脸上和身上都留着一片浅粉,怎么看都不像已死之人。"

"偶尔确实会遇到这种情况。那后来怎么样了?"

"我早知道肯定会被北番所的人念叨,不过想看看他们到底怎么办事,便在那里候着。过了一会儿,瘦松冲进来了。"

"看你在那里,想必他有一瞬间表情极其厌烦吧。"

---

① 类似脑溢血。《类聚方广义》载:肩背强急,不能言语,忽然而死者,俗称早打肩。古时会采用割开后颈放血的方法进行紧急施救。

"没错,那苦涩的神情难以言表,就像在说'肥千你竟敢抢我的功'似的。瘦松说:'哟,千太大人可真拼命,轮到别人当班您还到现场见习,辛苦辛苦。'我一听这话火了,回他一句:'听说您这边最近断案常做些不同寻常的鉴定,我便想趁今天开开眼界。怎么样,就拿这尸首做些有意思的检查让我瞧瞧吧?'那之后我混在北番所的人里旁观,只见他们将千贺春的身子翻过来转过去反复查看,可那身上一丁点儿外伤都找不到。脖子上没有勒痕,也没有被下毒的迹象,脸上还微微带笑呢。"

藤波意味深长地笑道:"哼,她的尸首竟会是那个样子,可不太寻常。"

肥千点头道:"真是的,这恶毒的妇人竟得如此善终,真是浪费。不只我,大家伙也都吃惊得不得了。"

"那种女人就是所谓的络新妇[①]吧。她将男人勾引到手便开始勒索钱财,而且都不是小数目,一点不含糊。听说千贺春死掉的消息,肯定不止三五人在心里长出一口气。话说回来,她死的时机也太巧了,简直像有人有意为之。"

"所以说她是真会利用人。不过这次我见了她的庐山真面目,不得不心服口服。给她验尸时瞧了一眼,我都有些……"

"一见钟情,被她迷住了?"

肥千嘿嘿一笑,拿手摸了摸发髻道:"真是不得了,长成那样,换谁不拜倒在石榴裙下?红颜祸水啊。"

佣人端着大漆盘,送来了酒瓶和烫杯盆。藤波挥手让他退下,又道:"不过,她倒有一个缺点。"他甩干酒盏,边给肥千斟酒边道,"身材太丰满了。"

[①] 日本妖怪,化身妖艳女子诱惑男人,最终将之吃掉。

肥千大吃一惊,看着藤波,突然咧嘴大笑道:"哎呀,这可真是,想不到连老大都是千贺春的熟客。今日之前我是闻所未闻啊。酒满了,我先干为尽。这接下去的事可不可多问呀。"

"说什么傻话,不是这么回事。"

"您又说笑了?"

"她在深川做暗娼,名字还叫梅吉时,我见过一两次。而见她的肌肤,今晨是头一遭。"

肥千慌忙放下酒盏,问道:"那您都看过了?"

"啊,看了。"

肥千登时蔫了,埋怨道:"您也真是,让我白费这么多口舌,最后来一句'啊,看了'叫什么事嘛,而且还比我早到现场……"

"我也不是有意,当时在露月町当班,正好对门。"藤波慢慢喝了一盏,续道,"千太,她可不是早打肩,是被害的。"

肥千将口中的酒全喷出来,边说着"失礼失礼"边慌忙抹抹喷湿的地方,诧道:"可她身上一点儿伤口都没有啊。"

藤波微微一笑,道:"千太,千贺春死时是哪只手拿拨片?"

肥千伸手比画了一下,看了看自己的动作应道:"是左手。"

"那千贺春是左撇子吗?"

"没、没这回事!"

"这不就奇怪了吗?"

肥千凝视着藤波,惊呼道:"啊,确实,这的确很怪!"他猛地挪动膝盖探出身子,"恐怕是被杀后有人让她捏在手里的。"

"初步结论便是如此。而且,杀人者多半是个左撇子。"

"很可能,但他到底怎么下毒手的?刚刚我也说了……"

"连个小伤口都找不着,对吧？想必你漏看了一个地方。"

"看漏？五个专门验尸的人一起查验,到底看漏哪儿了？"

藤波干脆地道:"胸部下面的褶皱里。"

肥千倒吸一口气道:"还真是,我们没查看那里。"

藤波点头道:"五色使人迷,一般人都不会想到去检查那褶皱里面。我实在想不通其中蹊跷,最后只得将那里抬起查看,果不其然,在下褶里发现了一个疑似针扎的细小伤口。依我看那是针灸的痕迹,伤口正对心口,在这种地方挨一针,只能一命呜呼。"

肥千佩服地点头道:"原来如此,看来策划得十分周全。"

"我在附近打听了一下,了解到有个叫杉之市的盲人按摩针灸师经常出入千贺春的住所。此人背地里还干些借人小钱的生意。有段时间,他被千贺春迷得晕头转向,和她如胶似漆,恩爱得简直要结婚了,赚来的辛苦钱就这样被千贺春一点不剩地骗走,最后闹得要死要活。这都是最近的事。"藤波顿了顿,瞥了一眼千太,"巧的是,此人正好是个左撇子。"

"啊,那就是他了！"

"所以我刚才给颚十郎写信了——特告吾友,千贺春被人害死,悲惨离世。"

肥千有些不快,道:"想不到老大竟会做这种事,您这又是……"

藤波猛地将杯中酒一饮而尽,傲然道:"哼哼,实话告诉你,十分遗憾,杉之市并非本案真凶。其原因十分复杂,要将此案玄机看透可不容易。所以我才有意挑衅,想看看颚十郎究竟有多大能耐。这次该轮到我们给他们一点颜色瞧瞧了。"

黄泉行

"喂,瘦松……喂,瘦松……"

这松垮地穿着一件满身污垢的黑羽二重袷裋、挂着大如冬瓜的长下巴挡在大门口,发出像呆子乞讨一般无精打采喊声的,正是颚十郎。

他这副样子,却能多次抢在公认的江户第一捕快藤波友卫之前破案,实在让人难以置信。

不知是不是第一时间认出了这独一无二的懒散声音,北町奉行所与力笔头、十郎的舅舅森川庄兵卫手下的神田捕头——长脚蚊瘦松马上从里屋一路小跑出来。

瘦松连穿草鞋也嫌烦,还没跑到门口就大喊道:"啊,阿古十郎!我正要去胁坂找你呢!"

颚十郎从怀里掏出一封信,在瘦松面前晃了晃道:"喂,瘦松,藤波那家伙竟给我寄了这么一封信,说千贺春怎么怎么的,什么胸部被人扎针,那按摩师杉之市是左撇子,事情没这么简单,东拉西扯的。其实我还没仔细读,就知道写了一堆复杂的事。他那大师流[①]笔迹看着倒是潇洒,却没有让人仔细读下去的品格。字如其人,这话说得太对,字迹藏不住人品。正所谓画虎不成反类犬,什么样的人写什么样的字。都说牡丹衬雄狮、

[①] 书法流派,由真言宗高僧空海大师开创。

翠竹配猛虎,阿轻①在二楼照怀镜。"十郎还是老样子,满嘴跑火车,尽说些有的没的,末了忽然正色道,"话说这到底是怎么回事？千贺春这恶女的故事,我倒是经常听说。就我所知,她不是值得让藤波写出哀悼之词的人啊。"

瘦松缩着干瘦的身子,简直想找个地洞钻。他解释道:"要是当时找您商量该有多好。我一时忘记,自己把这案子给办了,结果又捅出个大娄子来。"

颚十郎不得要领地应道:"你捅娄子倒不罕见,可你一捅娄子藤波就给我写信,实在烦人。你看看这信末那句,简直就是在骂人。这信是写给我的,诋毁的自然是我。这么一想,可真叫人气不打一处来。"

瘦松伸手按住十郎道:"我日后一定找机会向您好好道歉。其实那藤波也给我写了封信。我读完虽然不甘,又觉得他说的确实有些道理。

"这么说可不好,因为你这句话,所有捕头都跟着掉价。"

"您说的极是,我无言以对。这事对森川老大绝对保密,求您再帮帮我这一次吧。"瘦松边说边搔搔脑袋,简单地介绍了事情经过,"说来真是丢人,我咬着牙把那杉之市抓来,好好调查了一番……"

"结果犯人并不是他。"

"哎,为、为什么您会知道？"

"这有什么奇怪的。若犯人真是杉之市,藤波怎会特意告诉你我。不用猜也知道。"

---

① 净琉璃剧《假名手本忠臣藏》中的角色,为了帮助丈夫而去祇园做艺伎。她在茶屋二楼利用镜子反射偷看密信的一场戏十分有名。

"对对,您所言极是。我抓来杉之市,严刑审问。结果他说他原以为找到了真爱,可后来却是被骗走钱财。追根溯源,到底因为自己太傻,怨不得千贺春,所以已心灰意冷了。再说,要真是他下的手,绝不会犯下如此错误,留下能一眼便认定凶手是他的罪证。何况大家都说瞎子感觉最敏感,就算惊慌失措也不会弄错左右手,让千贺春用左手拿拨片。这一定是有人知道他是左撇子,故意设套诬陷,打算让他背黑锅呢。"

"这人可真会说。如此看来,这按摩师杉之市有点小聪明啊,是吧?"

"正是正是,他不过一个按摩师,却能和千贺春这等恶女纠缠不清。此人乍看普通,穿着打扮却十分讲究,有些出格。"

"嗯,然后怎么样?"

"杉之市说,毕竟这是事关别人生死的大事,也不知这样随便说好不好,可他想起了一个可疑之人。"

"原来如是,事情果然这么发展了。"

"那人也是千贺春的客人,也就是杉之市的情敌。"

"他竟然大言不惭地这么说?"

"是的。"

"真是岂有此理,你往下讲。"

"杉之市说此可疑之人乃是芝口结城批发店的三子角太郎。他人虽不坏,可还未自立门户,零花钱也少。他去千贺春这里倒是挺勤快的,但千贺春招待得并不殷勤。而杉之市前段日子则是从早到晚腻在千贺春这里,故意炫耀自己和千贺春的亲热劲。杉之市说,就因为这事,角太郎对自己恨之入骨。有件事让他印象很深——本月三日,他去芝口露月亭听说书,那晚讲的是神田伯龙的新段子《谷口检校》。故事说旅者鸠尾和水月在宇津谷山口避雨时闹绞痛,一个按摩师给他们扎针,最后抢走了他们的五十两小判。杉之市听完,那天同去的女伴告诉他,角太郎就坐在他们后两排,听得十分认真,脸色好生吓人。杉之市怀疑角太郎是听了那故事才想到如何犯案的。"

"真有一套,此人做按摩针灸师简直暴殄天物。"

瘦松重重地点头道:"后来我们抓来角太郎审问,竟和杉之市说得一模一样。角太郎说,千贺春对他说自己被杉之市骚扰,烦得很,决定和杉之市分手,需要分手费五十两,能不能帮忙筹集一下。角太郎乐昏了头,也没多想便从父亲的钱箱中偷了五十两交给千贺春。然而,这一切都是骗局。不仅如此,就在前天,角太郎还被千贺春教训,说他这样的小毛孩原本就没资格做自己的客人,这五十两就当还之前欠她的花酒钱,与角太郎断了往来。而角太郎偷父亲五十两的事也败露了,被家里断绝父子关系扫地出门。那之后这角太郎躲去田村町的二楼小屋里,连一日三餐也难保证,境遇悲惨至极。因为心里不甘,他听了谷口检校的故事后,盘算着如果这样杀人一定不会败露,便买来外行人也能自行施针的杉山流管针,拿自己的膝盖做练习台,从早到晚练扎针。过了一周,还真学会了自施针。于是在昨夜亥时(二十二时)偷偷摸到千贺春家后门,从门缝里往里看,发现千贺春大醉,正靠在火盆边小睡……"

"他觉得是天赐良机……"

"对,他觉得是老天爷帮他,猫着腰爬进去,晃了晃千贺春,可她醉得不省人事。角太郎将千贺春轻轻放平,下狠手深深地扎了一针。他只觉得千贺春的手脚好像微微颤了一下,之后便再没动静。角太郎将她扶起来,按原样靠回火盆边,心里十分痛快。他暗暗咒骂了一句活该,便飞也似的从后门逃走。"瘦松说到这里,突然皱眉道,"可是还有一个疑点。"

"嗯?"

"角太郎说千贺春的左右手都没有拿拨片。"

"哦?"

"他说他自己哪干得出这样聪明的事,扎完针就匆匆逃了。光是将千贺春放回火盆边就已拼尽全力,逃走时如脚底抹油,十分匆忙。"

颚十郎出神地望着天花板,突然扭头对瘦松说道:"千贺春的尸体,应该还原样保留着吧?"

瘦松从门框边站起身来道:"因为大夫也下诊断说是早打肩,又做完了验尸,所以今早巳时(十时),她房东带着两个人来收了尸,送去火葬场了。"

颚十郎慌忙起身道:"大事不妙!"他草草掖起和服下摆,巴不得立刻冲出去,急匆匆地问道,"那火葬场在什么方位,东西南北哪一边,快点说!"

瘦松有点不知所措,结结巴巴道:"好、好像说是日暮里。"

"日暮里?知道了。还没过太久,叫台三枚轿子赶过去,说不定能在净身房①拦住他们。喂,瘦松,我们这就出发去抢棺材去,你跟我一起来。跑着去赶不上,一般的轿子又不够快……"

这时,十郎突然看到对面的宅子,一拍膝盖道:"嗯,有了!"

---

① 火葬前为死者净身的地方。

对面乃是石川淡路守的中宅官邸,十郎跑到源氏隔墙①的格子窗下,大喊道:"来人哪,帮帮忙!来人哪,帮帮忙!"

听到喊声,陆陆续续跑出两三个轿夫和杂工,问道:"哟,这不是先生嘛。您有什么事啊?"

"我要追一个逝者去趟黄泉,啊不,是要去日暮里。快准备两台快脚轿子,把押棒拿出来,找五个人轮流抬前后棒,快快跑起来!那棺材已经在一刻钟前从芝地出发了!干得了吗?"

"哦,行啊。就算人家跑出十里地了,我们也一定帮您追上,咱这腱子可不是白长的。"轿夫爽快地一口允诺,对杂工宿舍里喊道,"大伙儿,是先生找咱帮忙呢。拿两台快脚轿子出来!"

不一会儿,两台快脚轿子便放在了十郎他们面前。

"您俩可抓好了安全绳,千万别开口说话,小心张嘴咬了舌头哩。"

颚十郎和瘦松上轿道:"好嘞,走吧!"

前棒五人,后棒四人,前面还有一人只穿着白袜带头引导,这排场非同一般。轿夫们"嘿咻嘿咻"地喊着号子,在大中午的御茶水街头一路狂奔。

---

① 日本茶室常用的隔断。

银　簪

　　那夜戌时(二十时)，露月町的小路深处，一扇颇有雅趣的大坂障子窗边，挂着一盏写有清元千贺春字样的御神灯①。窗里隐隐透出濡灯笼②的光来，门边种着七八株胡麻竹。

　　一进屋是一个涂了漆喰③的三榻榻米大的小房间，往里分别是五张半榻榻米大、八榻榻米大和六榻榻米大的房间，布局十分奇特。再往里是厨房，有后门可以通往后边的小路。

　　在挨着厨房的六榻榻米大的房间里，颚十郎正靠着墙壁，伸直双脚坐在地上。他看起来有些百无聊赖，一会儿挖挖鼻孔，一会儿拔拔胡子。

　　后门的拉门轻轻打开，瘦松猫着腰悄悄进来。他跪着挪到颚十郎身边，喘了口气道："果然和您推断的分毫不差。"

　　颚十郎点头道："对吧。那藤波怎么样了？答应会来吗？"

　　"他说会准点在亥时赶到。"

　　"那就好，要是他来早了反而麻烦呢。"颚十郎自语着，转身问瘦松，"那杉之市招了吗？"

　　"他开始还嘴硬，我说了胸部下面有扎针痕迹，他才招供。"

---

① 旧时艺伎和优伶为了讨吉利，在门口挂的提灯。
② 濡鹭灯笼，日式的石制灯笼。
③ 用于刷墙的消石灰涂料。

"让千贺春左手拿拨片,也是杉之市干的吧?"

"正是如此。他欲嫁祸给角太郎,故意这么做,为了能在被查到时可以推脱,所以设下了这个套。"

"真是执念啊。不是引导向自己,确实打一开始就计划嫁祸给角太郎。他偶尔知道角太郎去露月亭听《谷口检校》,才想到了这一出吧。"

"对,他是说打算查到自己就一股脑全推到角太郎身上。"

"不过杉之市说得太多了,就因为他如此镇定地侃侃而谈,我反而觉得他可疑。"

"您说的没错。事情的经过是这样的,杉之市那天也躲在后门口。他叫了几声,一直没回应,便悄悄潜进去,一手摸到和服下摆大吃一惊。他本以为这么安静,大概是千贺春不在家,没想到人就在自己跟前。他心一颤转身就想逃,不一会儿又发现千贺春似乎喝得酩酊大醉。她大概是睡得太沉了,就连呼吸声都不太听得到。那是肯定了,那时千贺春吃了角太郎一针,已经死了。杉之市不知这等隐情,心里又惊又喜。他和角太郎不同,扎针十分熟练,赶忙用手摸索到肩膀,半蹲着顺势在千贺春的胸部下面重重地扎了两三针。虽说杉之市胆子很大,可在得手后也还是飞也似的逃走。可这么一想也真奇怪,竟有两人在同日的同一时辰,以相同手法杀同一个人。自打日本建国,就没有过这么离奇的事。两人还没在现场撞个正着,简直是奇迹。我倒不是要帮谁说话,可这角太郎的运气也真是太臭了。"

"话不能这么说死,此案到此并未结束,还有后续呢。"十郎微微一笑,"这房间里的东西,布置得跟早上一样吧。"

131

"是,一粒灰尘、一片叶子,我都没动过。"

"那你看看,在火盆最边上有一只盛着酒的小酒瓶吧?"

"是的。"

"你坐去千贺春坐的位置上,试试拿那个酒瓶吧。"

瘦松起身走到火盆一侧坐下,隔着火盆努力伸手拿,可怎么都够不着那酒瓶。

"瘦松呀,要是她自酌自饮,岂会把酒瓶放得那么远呢。在两人偷偷进屋前,还有一个人在这里给千贺春斟酒。"

"原来如此!"

"咱们再说得明白些吧,这杉之市和角太郎都不是凶手。"

"哎?"

"千贺春在他俩进屋前就死了。"

瘦松往前挪了挪膝盖,问道:"这么说,坐在这里斟酒的才是真凶?"

颚十郎从容地抬头望了望天花板,道:"谁知道呢,不过那个人很快就出现了。"

"来这里吗?"

"她大概是个艺伎。我给你看证据,你再靠近火盆些。"

颚十郎让瘦松坐到火盆边,自己则起身将提灯拿到火盆上方道:"这么一照,是不是能看到火盆的炭灰里有一个闪闪发光的东西?你拿出来瞧瞧吧。"

瘦松将手伸进灰中,把那闪光的东西拿出来一看,惊道:"啊,是根银簪!上面刻着角菱配三盖松的比翼纹呢!"

"此物稍一调查,便能查出物主,所以才不能任由它掉在案发现场。"

"原来如此,千贺春梳的是鬟下地①,这不是她的东西。而且发簪的尖头上全是发油,应该就是昨天或今天掉的。您说得太对了,这发簪的主人马上就会来啊。"

从远远的露路口②传来了沟板③的嘎吱响声。

两人对视一眼,忙将银簪丢回炭灰中,吹灭提灯躲进厨房,隔着障子屏住呼吸。

轻细的足音慢慢靠近格子移门。那人在窗前犹豫一番,最后拉开门走上踏脚石,悄悄摸索着进了房间,点燃灯笼。

两人从障子的破洞一看,只见那是个小个子的艺伎,二十许间,长得颇有几分楚楚可怜的姿色。

她穿一件深色的浜绉绸座敷着④,扎一根翁格子的腰带,头上低低地绾着岛田髻,垂着头一动不动地坐在灯笼边。只见她轻叹一口气,跪着慢慢挪到火盆边,开始用炭火筷拨炭灰。

这时,移门突然开了,藤波友卫站在门口说道:"哟,小龙,你怎么在这里做这么奇怪的事?大半夜的,你到底在做什么?"

被唤作小龙的艺伎转头一看是藤波,竟身子一软,伏在榻榻米上不顾一切地大哭起来。

"真是人不可貌相,看你长得乖巧,下手竟这等狠毒。虽说千贺春抢了你的客人,可拿湿纸封住人家口鼻也太过分了吧?"

颚十郎躲在移门后边,不知觉得哪里有趣,突然大笑起来。

---

① 为了方便戴假发梳的头型,不插头饰。
② 两排房子之间没有房檐遮挡的小路。
③ 铺在水沟上面的木板。
④ 艺伎去客人宅邸时穿的和服。

藤波吊起眼角瞪了一眼移门,道:"哟,那是仙波吧?别躲在后面笑,快出来吧。你一个外行人能追查到这一步着实不易。这次比试我们算平手。"

十郎猛地拉开厨房移门,好像大戏开幕主角登台似的,趾高气昂地走出来道:"哎哟,藤波,你也真是坏心眼。我与你相约亥时,可你却早到,搅乱了我的安排。"他边说边往小龙身边走,"我说小龙姑娘,你也用不着在这里哭得这么伤心,只需把真相一五一十地对站在那边的先生说了便好。尽管堂堂正正地说,你根本没用湿纸捂住千贺春的口鼻,你到这里时,千贺春已经死了。只需这样便好,其他的都不重要。不论你是来找她理论的、找她勒索的、找她说挖苦话的,还是真的有心来杀她,这些都不重要。因为你到这里时,千贺春已经死了,你只要说这一句证词便好。快说呀,你这是怎么了?"

小龙圆溜溜的大眼睛里噙着泪珠,抬头望着十郎道:"您……您怎么会知道这些?我都已经做好被人冤枉、吃哑巴亏的准备了……"

藤波有些急了,额头浮起青筋道:"喂,仙波,就算你教她这些不必要的伎俩帮她脱罪也是徒劳。你的对手是我藤波,别想在我面前耍花枪,快住嘴吧。"

颚十郎摆摆手让藤波别急,说道:"我并不是在告诉她脱罪的伎俩,只是让她将真相说出。要是您信不过我,不妨好好听听小龙姑娘接下来说的。此案到底是怎么回事,届时您就明白了。小龙姑娘,这位捕头说要听你的证词,你快把昨晚的事照实说了吧,用不着害怕。"

小龙姿态优美地坐正身子,好像抓到最后一根救命稻草似的抬头看着十郎,说道:"好,我都听您的。我和千贺春已经不再争吵了,可我就是咽不下这口气,想把这事做个了断,所以昨天深夜特意赶到这里。我和她很熟,在门口叫了她一声便走进房间。只见千贺春瘫软地靠着长火盆,垂着脑袋。她以前就是这样,很爱喝酒,一喝起来不醉倒就不算完。那天我以为她又喝醉了,便对她说,千贺春你怎么了,才喝四瓶就醉成这样,看来是年纪不饶人,快起来再喝一杯吧。说着,我拿那边的酒瓶给她倒了一盅,拿起酒盏伸到她面前,可我的手刚碰到她的手肘,千贺春突然瘫倒下去,往火盆上摔。"

"原来如此。"

"我吓了一跳,转到火盆后面想扶她起来,不经意间碰到她的手,谁知那手就和冰一样凉。我看她的脸和脖子都同醉酒一样透着粉红色,不只如此,仔细一瞧,她根本就没有呼吸。我吓得松开手,丢下了她。然而,这柳桥谁不知道我和千贺春有过节,要是当时那场景被人看去,任凭我如何辩解,大家都必定会认为是我杀了她。这么一想,我突然怕起来,拼命将她抱起,按照方才的样子靠回火盆上,然后赶紧跑回家。哪知到家一看,我那支刻了比翼纹的银簪却不见了。仔细回想,在抱起千贺春时,好像是有闪亮的东西掉进火盆,所以我才……"

十郎拍手道:"说到这里便好,之后的事我们都知道了。"

藤波坐在墙边,一脸冷峻地听完小龙的话,抽着鼻子讪笑道:"知道?你知道什么了?"

"好惊人呀,都说到这份上了您还没明白?真是出乎意料。

小龙姑娘方才那番陈述中,包含了一个无可反驳的证据。"

"哦,什么证据?"

"她说千贺春手上冰凉,脸和脖子却依然透着粉色。"

"哼,这又如何?"

"您刚刚说小龙的杀人手法是用湿纸捂住千贺春的口鼻,若是这样死去,身上不会留下血色,该是一片惨白才对。可我后来看到尸体时,尸身上依然透着淡粉色,想必在您看到时,肤色是相当红。您觉得尸体为什么会透出淡红色呢?究竟是何种死因才会在死后留下这样的肤色呢?"

藤波变了脸色,表情既阴沉又不安,说道:"言下之意……她中了毒?"

"哎哟,这口气可有点犹豫啊。您刚说这次比试我们打成平手,可要是不知道死因,就算不得平手了。也就是说,您输了。"十郎卖完关子,又道,"那我就来揭晓谜底吧。其实非常简单,藤波,千贺春是烧炭中毒死的。哎,您怎么嘴张得这么大?吃惊了?要是您信不过我,下次去御岳山时不妨多留心一下,在石洞这类密闭空间里烧炭火,心气弱的人偶尔会中毒而死。中炭火毒的死者有个特点,那就是身上的肌肤呈浅粉色,怎么看都不像已死之人。我本以为藤波大人您常年干这一行,肯定知道类似的案例呢。"

纸鸢

新　酒

"先生，茶来了。"

"嗯嗯嗯。"

"您看着很闲嘛。这是鞴祭①的蜜橘，您尝一个吧。"

"见笑见笑。天气反常，容易犯困，我刚刚在打盹呢。"十郎说罢美美地打了个哈欠，伸手从果盆里拿过一只蜜橘。

十一月里头有四五天特别冷，可之后突然回暖，这三四天暖和得跟春天一样。

日光从黑色的格子窗外射进，洒满在起了毛的坊主叠上。这里是地处赤坂的松平佐渡守家的杂工宿舍。颚十郎不知为何，极受杂工、轿夫和马夫这类人的欢迎。各家的杂工宿舍都有人邀请他留宿。十郎的全部身家就只有一件穿旧的袷褂和一对刀鞘斑驳的护身刀。

他有个舅舅森川庄兵卫，家住本乡金助町，乃是北町奉行所的与力笔头。只要去舅舅家，便不愁零花钱了。可十郎今年十月辞去甲府勤番突然返回江户后，在各家杂工宿舍到处借宿，连回江户这件事都没让舅舅知道。只有舅舅庄兵卫的部下

---

① 鞴是旧时加工金属时点火用的工具。农历十一月八日，日本全国的铁匠、刀工和铸造业及澡堂等与火相关的行业都会歇业举行鞴祭，对鞴进行供奉，其中蜜橘是重要的贡品。工匠们还会将蜜橘分发给孩子和行人们。

神田的捕头，干瘦的松五郎知道颚十郎回到江户的事，不过他帮十郎保守秘密，没告诉金助町的庄兵卫一家。

就因为这个，现在的十郎没有一点收入，一分钱都拿不出来。接待他的杂工和轿夫们也都知道他的情况。杂工们并没有将十郎拉到自己房里住，然后利用他做事，反而任由他睡在房里，主动照顾他，说自己就是想看十郎摸着长下巴悠闲满足的样子。

就这样，十郎离开胁坂的住所后住到榎坂山口周防守的大宅，后又去了马场前门的土井大炊头家和水道桥的水户大人家，就在十天前，他住进了松平佐渡守的杂工宿舍，就这样在各家借宿度日。

颚十郎拿过皮色艳丽的蜜橘在手中把玩了一下，问道："喂，三平，这是鞴祭的蜜橘？"

"对。"

颚十郎微笑道："你忽悠我也没用，这可不是鞴祭上随便分给大家的蜜橘，你肯定是从老爷家的厨房里摸来的吧。"

杂工三平嘿嘿一笑，拿手搔搔脑袋说道："真是什么都瞒不过先生您啊。为什么您会知道呢？难不成蜜橘上还有标记吗？"

"这蜜橘的品种叫'八代'，种植在河内地区，并不多见。可不是铁匠和铸造师父从二楼窗口丢给楼下行人的便宜货，应该是你家老爷的亲戚松平河内守派人送来的八日祭礼品，被你顺手牵羊摸了几个过来。怎么样，我说得没错吧。"

三平心服口服道："一点没错。刚刚我走过杂物间，看到大门开着，门口堆放着好几筐蜜橘。看那蜜橘颜色漂亮得很，便想拿一些来给先生瞧瞧。"

"所以你赶快抓了五六个,塞进兜裆裤腰和肚脐的夹缝里?"

"哎?肚脐?您怎么连这都知道?"

"蜜橘皮上有淡淡的兜裆裤的布纹印子呢。"

"您、您开玩笑吧……"

颚十郎慢慢剥着蜜橘的皮,说道:"今天好冷清啊,大家都出门了?"

"刚刚接令说将军大人要来,老爷马上召集人马赶去神田桥的勘定衙门①了。"

"这个月的胜手方②不是佐渡守吧?"

"对,照理是这样的。我也不知具体出了什么事儿,只听说金座③那里出了大错。"

"哦?"

"老爷坐在轿子里时,我稍稍瞥了一眼,他那脸色可不好看啊。老爷素来从容自若,这次竟流露出那样的神情,想来是出了相当了不得的事呢。"

两人正闲聊,房门口突然有人喊道:"打扰了,有人在吗?"

三平也不挪身子,懒洋洋地扭过头对着门口喊:"谁呀谁呀,您找哪位?我这里正忙着呢,您就在门口大声点说吧。"

"仙波先生是不是在府上呀?"

"仙波先生他……"

颚十郎摇头道:"就说我不在,说我不在!"

---

① 主要处理幕府的财政相关事务。
② 主管财务和民政。由老中、若年寄和勘定奉行等官员轮流担任。
③ 铸造金质货币并进行鉴定、检印的机构。

可门口的人听到了十郎的声音,立马说道:"听这声音是阿古十郎吧。您假装不在也没用,我这里听得清清楚楚呢!"

颚十郎伸手扶额道:"哟,糟糕,让他听去了。"

"这叫什么话!是我,瘦松!"

"哦,瘦松啊,既然被你知道也就没办法了,进来吧。"

绕过大地炉的边缘走进房间的,正是那个干瘦的松五郎。

他重重地将两升装的双把酒桶放在坊主叠上,边擦着脖子上的汗边道:"就为了找您的落脚处,我可把城里的宅子转了个遍。到胁坂一问说您去了榎坂,追到榎坂又说您去了土井大人那里。我提着这么大一个酒桶,走得浑身是汗、两腿发直好像擂杵,好不容易才找到您,可不能被一句不在给打发了。"

颚十郎摸着长长的下巴尖,徐徐说道:"你每次来都给我塞些麻烦事,我当然害怕。看你还抱着一桶酒,这可不是好征兆,肯定又会像平时那样恳切地求我帮忙吧。我不想接麻烦事。"

瘦松接过话茬道:"既然您知道了我的来意,那最好不过。您说得没错。话说,这是昨天刚从堺那边送到品川的新酒,量不多,我给您拿了一点过来。"

颚十郎有些不甘地道:"久旱逢甘露,单听是滩运来的新酒就让人按捺不住啊!"

"来,您快尝尝吧。"

瘦松喝干了茶碗里的茶,从酒桶里咕咚咕咚倒出一碗新酒递给十郎。十郎接来一饮而尽道:"之前因为海上闹暴风,远洲滩的货都运不过来,这一批货运来得可不容易。好酒好酒!来,说说你想求我帮什么忙吧。"

瘦松坐正身子道:"其实,昨天从金座运出的二十万两之中,有三万两千两被人掉包了。"

"三万两千两!那不是个小数目。我刚才也听说金座那里出了乱子呢。那这掉包到底是怎么回事呢?"

"那是每岁末的固定事务,从金座往神田桥的勘定衙门送御用金。那笔钱分别装在万两箱子十六个,千两箱子四十个里。金座会派出常式方送役人两人,而勘定所则有胜手方勘定吟味役两人负责押送。昨天他们从常盘桥边乘船向上游行驶,去往神田川。途经稻荷河岸时被一条上总来的运石船给撞了。事出突然,四个押送的官员和船老大全被甩进了河里。而御用船则被撞进停泊在河边的货船夹缝之间,进也不是退也不是。"

颚十郎也不顾听,拉着三平说些无关的话。瘦松看不下去,问道:"您在听我说吗?"颚十郎边打哈欠边道:"在听,在听。"

瘦松续道:"官员们个个都如阴沟里的耗子,他们爬上船,边咒骂边让船老大赶快走。可刚刚我也说了,这船夹在货船中间,怎么都转不出来。最后只得让那边的货船让路,把这边的运肥船挪开,好不容易才重回河道。撞过来的运石船出事后趁乱逃走,很快就不见踪影。为了以防万一,大家点了点钱箱的数量,发现一个不少。官员们就当落水是自己倒霉,最终将钱押送到了神田桥边,做完交接手续,这二十万两安然无恙地收进了勘定衙门的金库。"

"哦,原来如此,哦。"

"您也知道幕府每天都会派一个奉行早上八点到勘定所坐班处理事务,做完后十二点回去。这一天一如往常,早上当班的奉行去到勘定所,在昨天从金座送来的二十万两钱款中拿出两三个千两箱,例行公事查看。谁知开箱一看,箱子里哪有小判,只有满满一箱生锈的铁钉和石块!奉行大惊之下,赶紧让手下把昨天运来的二十万两钱箱全打开查看。十六只万两箱完好,可这四十只千两箱里,竟有三十二只装满了旧铁钉!"

"嗯……嗯嗯……"

"想来想去,大家觉得只可能是在被运石船撞时的混乱中被人掉了包。可当时是大清早,河里货船很多,在这众目睽睽下到底用什么法子能快速掉包……此案不仅金额大,手法也胆大妄为,又事关将军大人的威严,浅草的桥场和中川口的御船改番所马上关了闸门,一艘艘排查往下游方向行驶的船只,可至今为止一点线索都没发现。所以,阿古十郎……"

瘦松见十郎久久没有回话,伸过头仔细一瞧,只见他拿手肘支着膝盖,正睡得打呼噜呢。

金　座

金座俗称金改所,也就是现在的造币厂。

二本桥蛎壳町二丁目的银座,负责铸造分判银和朱判银;金座则专门铸造大判、小判和分判金[①]。

江户金座在元禄以前采用手前吹制,即外包铸造。铸造后需将外包给工匠铸造的判金交给金银改判役后藤庄三郎进行检定敲印,之后方可流通。元禄八年(1695)为挽救幕府的财政窘境,当时的勘定奉行荻原近江守公布实行小判御造制度,他在本乡灵运寺边的大根畑建立了幕府直属的铸造所,将各地铸币师召集到这里,将金座当芙蓉间[②]用,并把铸币师们调归勘定奉行统属,以便监控。

元禄十一年,金座搬去日本桥本町一丁目的常盘桥边,直到明治二年(1869)开设新造币局前,一直位于那里。

金座纵深七十二间[③],横跨四十六间,占地面积很大。周围用黑木板围墙圈起,严密地与外部隔开,最外面的长屋间大门,太阳一下山便会关上。那之后严禁所有人员进出。

---

① 大判价值十两,金子成色最好。小判价值一两。分判价值不一,但都不足一两。朱判是掺入较多铜铁的合金。
② 大名和旗本武士轮流拜谒将军时的等候房间之一。将武士送入等候房间亦有软禁监控之意。因工匠们被软禁在金座,故将其比作芙蓉间。
③ 一间折合1.88米。

在黑木板围墙里边，主要分为四大块，分别是处理事务的金局、进行铸造的吹所、官员宿舍的御金改役御役社和杂物工匠住的长屋，现在日本银行的所在地正是当年后藤的役宅旧址。金吹町一带至今还留有长屋遗址。

在金局里当班的官吏统称为金座人，可细分为改役、年寄役、触头役、勘定役和平役等职位，总共大约二十户人。除了金座人，还有座人格、座人并、手伝和小役人等诸多下级职位。

吹所有吹所栋梁十人，统领手下约两百多人的栋梁手伝。

金座的工作，首先是铸造小判和分判，即购买幕府的御手山和其他地区金山上出产的金子，制作小判；还负责对上纳金进行鉴定上封；购买碎金和废金，从钱币兑换所收来有瑕疵和分量不足的通货，进行重新铸造。

吹所一带的主要设施有六栋，分别是吹屋、打物场、下钵取场、吹所栋梁住所、细工场和色附场。

铸造小判的工序相当复杂。首先有位役检查金子的品质，之后进行一道名为位戾的工序，即将各种品质的金子配成一定比例。接着要碎金，将生金分割成一定重量的小块，再过火进行烧金。烧完做寄吹，即在金子中按一定比例掺入银、铜和其他金属。下一步叫判合，也就是鉴定合金的品相。判合完了将合金打平拉伸，做成延金。最后拿模子将延金打成规定形状，按下刻印，做"色附"涂上颜色，一枚小判才算完工。

在金局里，每一枚小判都会被重新包装，放进千两和两千两的钱箱里，收入金库放好。

这金座乃制作和处理通货的重要衙门，金局平役级别以下的工作人员,也就是手伝、小役人、吹所的栋梁、栋梁手伝和工匠们,必须住在金座地界内,除了岁末,但凡擅自出入金座者均会问罪。偶尔能够外出,也要接受番所的检察,出趟门极不容易。不仅是金座里面的人,进出的商人也要反复出示通行证才能进入,且进去后只能在长屋一带活动,绝对无法踏进长屋后面的金座重地。这里与外界简直处于不同的世界,虽然在江户城里,却似一座大海中央的孤岛。

当时恰是下午四点刚过。颚十郎被瘦松摇醒了硬生生地拖来,那平时看起来就略显呆蠢的脸上还带着醉意,微微泛红。他迷迷糊糊地站在金座大门口,竟说了这么句话:"哟,纸鸢可真不少啊。"

只见冬日晴朗的天空一片湛蓝,天上飞着无数纸鸢,仿佛是点缀在蓝天上的花纹一般。那纸鸢形态各异,有五角形、扇形、军扇形、与勘平、印绊缠①、酒盏形,还有蝙蝠造型、章鱼造型、老鹰造型、乌贼造型、侠客造型、福神造型、葫芦造型和贴着剪纸画的,无法一一细数。

十一月到二月末是江户城里放纸鸢的好时节,有时大人也会混在孩子堆里一起展开纸鸢合战。人们在纸鸢上安上雁木——一种削成锚形的木片,上面装着刀片。纸鸢合战即用雁木割断别人的风筝线,将对方的纸鸢抢夺过来的游戏。因为这纸鸢合战,衙门和商家的屋顶瓦片总会遭殃。每年一到放纸鸢时节,人们往往要花费数十两甚至上百两来修缮屋瓦。

---

① 与勘平是净琉璃戏《芦屋道满大内鉴》里的侠客形象,这里指的是侠客造型的风筝。印绊缠是穿有印着店家名字的短和服造型。

瘦松有些不快地道:"您说什么傻话呢。纸鸢有什么好看的,我们快进去吧。"

"你别急嘛。这人相与公务的关系可不小,我这是在看金座都是些什么人呢。"十郎随手指了指河对岸,"隔着神田川,对面即是松平越前守的上宅官邸,这里西邻鞘町,东边隔条马路就是石町。遥看四面上空,皆是一派清朗和顺之气。唯独这金座上空盘踞着一股沉闷邪乎的妖气。也难怪,这里面关着两百多个笼中之鸟,整天为了他人从早到晚忙忙碌碌制作小判。人和钱的怨气混在一起,所以唯独这里涌出一股邪恶之气来。"

瘦松说不过他,垂头道:"您这一开口,就好像褂子着了火,根本刹不住车。好了好了,就说到这里吧。"

"好,那我们进去吧。话说回来瘦松,我多啰唆一句,这事儿可对舅舅严格保密啊。"

"我当然知道,可为什么您要如此坚决地对金助町保密呢?快别整天辗转在杂工宿舍了,回老大家去住吧,这样也好和藤波正面交流,老大一定高兴得不得了,岂不是皆大欢喜?"

"不不,这你可想错了。舅舅只当我是个浪荡子、大蠢蛋。住去他家岂不惹得老人家厌,这也算是我对舅舅的孝行。"

两人走到门岗,瘦松摸出役所的符契①,带头的门卫面色苍白,看了一眼颚十郎,问道:"您带的这位是?"

"他是新来的同心侍卫——仙波阿古十郎。"

两人不顾门卫一脸吃惊,径直走过门岗,沿着长屋往中间口走。那里站着四个手拿六尺棒的番众侍卫,又做了一次盘查。

---

① 盖上印记后分成几部分的木片等物。当事人各持一片,日后合之为证。

过了中间口往金座的役宅门走,那里还有一道查岗。

颚十郎也有些傻眼道:"这可真是手续繁杂,我今天才知道金钱原来这么重要。"

过了这道门,终于到了役所的玄关。瘦松自报家门后,出来一个座人格的小吏,带他们去了勘定场。

这是一个能铺下五十张榻榻米的大房间,里面摆着两列账房用的隔断,二十来个勘定役和改役正忙着给小判称量包装。高一个台阶的是年寄的位置,一个戴着老花镜,像是松助的堀部弥兵卫①的年寄役将褥垫拉正,说道:"劳烦两位了。"

颚十郎端着架子,清了清嗓子道:"我开门见山地问了。这三万两千两……运送御用金一事,是老早就定好的吗?"

年寄役殷勤地点头道:"正是正是。这是岁末公务,每年的定例。金座这边每年九月末开始准备。不过运送的具体日期是勘定所指定的,到了时候会发公告,告知具体的日期时间。"

"原来如此,那这次确定运送的日期是在几号?"

"是七号夜里。就是那次撞船的前一天,夜里八时左右,公告送到金座,通知说八日清晨八点用船运送御用金。"

"也就是说,具体哪天送,不到前一天谁都不知道?"

"正是如此。"

"那御用金出金座大门是在几点?"

"正好六时出的大门。"

"勘定所的触役到金座是前一日夜里八时,御用金出金座是次日早上六时,这期间有人外出吗?如有记录,我想借阅。"

---

① 堀部金丸(1627—1703),赤穗四十七义士里最年长者,通称弥兵卫。

149

"我们已经仔细查阅了出入记录,可记录显示没有人在那段时间外出。"

"好,我知道了。那负责管理金库钱箱的小吏有几人?"

"现在一共是五人。他们负责查验好金额,将钱款分别放进千两、两千两、五千两和一万两的钱箱里,贴上封条。然后交由金藏方收入金库中。"

"那有没有定期重新检查整理收纳钱款的事务,比方盘点库存之类的?"

"有。七八两月吹屋放假,这期间会揭开钱箱的封条,进行检点。"

"一年就这一次?"

"对,一年就一次。您还有别的问题吗?"

"不,我问得差不多了。"

出了勘定所,十郎他们往吹所所在的区块走。不用说,这里也是守备森严。吹所里有十栋吹屋,屋顶的烟囱里冒出滚滚烟尘。

十个吹所栋梁各自管理一间吹屋,在竖着巨大风箱的炼炉边,一大群只裹着兜裆布的工匠在栋梁手伝的指挥下锤打炼造金子,忙碌地工作着。

颚十郎站在吹屋门口,怔怔地往里眺望,随后回头对瘦松道:"看那样又捏又拉的,好像年糕店。快看,在对面的风箱边,师傅正把金子拉成金线呢。好了,回去吧,老站着也破不了案。"

两人穿过吹屋大门,去往杂工下人们住的长屋一区。在那边的空地上,十来个杂役的孩子正聚在一起放纸鸢玩。他们放的全是同一种漆黑的乌鸦纸鸢。

这群孩子每个看起来都性情孤僻,不像乖孩子。

颚十郎停下脚步,出神地看着孩子们的纸鸢,随后不知怎么想的,走到离得较近的一个孩子身边问道:"小兄弟,这纸鸢看着好生奇怪哩。"

"这有什么好奇怪的?不就是纸鸢铺卖两文钱一个的普通纸鸢嘛。"

"怎么大家都放乌鸦纸鸢?要凑得这么整齐可不容易吧。"

"金座的乌鸦组在江户可是大名鼎鼎。怎么,你不知道吗?你从哪个村子上京来的?"

"哎呀,见笑见笑。话说,你们为什么不去外面放纸鸢呀?"

那孩子没好气地冷笑道:"哦,要是能把我们弄出去,那可真是感激不尽了。我们也不想在这种憋闷的地方放纸鸢,快,快带我们出去吧。"

"这可真可怜。你们一直都在这块空地放纸鸢吗?"

"大人没事少招惹我们。要是不能带我们出去就别夸口。"

"哟,真对不住。快回去玩吧。"

"喂,看样子你是个混混同心吧?长得可真奇怪。"

"对不住,天生这张脸。"

"说什么呢,喂,混混同心,你要问我们的就这点吗?刚才那个青葫芦脸可问得比你仔细多了,说什么是谁求我们来这里放纸鸢的。你们这群人就没个聪明点的吗?又不是找人从越后上京来捣米,谁会求人放纸鸢呀,笑死人了。"

颚十郎微微一笑,问道:"哦,是吗。那个青葫芦脸来问了这样的事呀。他是不是一对吊梢眼,鼻子高高的,一脸自命不凡的烦人样子?"

"啊,对对!说是南番所的与力,叫藤波来着。"

颚十郎回头对瘦松说道:"瘦松,藤波在想的事情可不得了。原来如此,这确实是他能想出来的点子。不过照这个情形看,这次他又要输给我了。好了,我这就回松平佐渡家去。咱们回见了。"

颚十郎留下站在原地呆若木鸡的瘦松,一个人慢悠悠地晃出了长屋门。

二番原

最近几天清早总是结霜柱，可太阳一升起来就暖得如同阳春三月。河岸边空地的草丛上升起悠悠浮动的阳炎雾霭。

从神田、镰仓河岸一直到雉子桥边，都是防火用的空地。二番原到四番原恰好是一块宽阔的平地，成了孩子们放纸鸢的最佳地点。

隔着神田川的对岸是一之桥大人官邸。在围墙边的松树上空，那片湛蓝透彻的天空上，挂着数百只各式各样的纸鸢。

十二三岁的孩子带头领着一大群七八岁的孩子，将近一百人在小丘上奔跑嬉戏，玩得忘乎所以。颚十郎混在这群孩子中，在堤岸边的草堆上放着纸鸢。

十郎松垮地单穿一件脏兮兮裪褂，将风筝线系在腰带上，手插怀中，大大咧咧地盘腿坐着。他从前襟里伸出一只手来，捏着长下巴，出神地望着高飞在空中的乌鸦纸鸢。他放的乌鸦纸鸢展开黑翼在蓝天中翱翔，就像真鸟一般缓缓地震动身躯。天上的纸鸢有五角的、军扇的、侠客的、剪贴画的，每一只都五彩缤纷，衬得颚十郎那只全黑的乌鸦纸鸢格外显眼。这只纸鸢除了涂有黑色，还在外面刷了一层防潮用的矾水，每次迎着太阳光微微倾斜，便会发出耀眼的银光。

乌鸦纸鸢是十郎从小川町的纸鸢店"凧八"那里花十文钱买来的。他一早就跑到二番原来，心无旁骛地放着风筝。颚十郎的鬓角在风中飞舞，兴致很高，看着空中独自傻笑。这时，瘦松朝他这边走来。这里正好在吴服桥北町奉行所和地处神田的瘦松家中间，是瘦松回家的必经之路。

瘦松像往常一样，向前倾着身子急匆匆赶路。走进二番原，他忽然停下脚步，望着颚十郎的背影。等认准就是本人后，他一脸无奈地走上前道："阿古十郎，您到底在这里干什么呀？"

颚十郎缓缓转身应道："哦，是瘦松呀。"

"现在哪是说这个的时候？您在干什么呀？"

"干什么？这看了还不明白吗，放纸鸢呗。"

瘦松撇撇嘴道："我真没见过像您这么慢性子的。南番所和北番所正闹得针尖对麦芒，火药桶都要炸了，在这僵持不下的当口竟然有人放纸鸢。真是荒唐至极，让我说您什么好呢。"

"我彻底迷上放纸鸢了。瘦松，放纸鸢挺有意思的，你也来试试看吧。"

"哎，这哪是放纸鸢的时候呀！南番所的藤波一口咬定金座的藏金方立马左内是主犯，把人家连带他十岁的小儿子抓到番所，正逼着做审问呢。可你这北番所的主力却混在孩子堆里，在防火地的原野上放纸鸢，这叫个什么事呀？我去杂工宿舍问了，那边说您每天一早出门，不到晚上不回家，还以为您拼命查案呢，谁知竟在这种地方浑水摸鱼。"

"啊，是啊。"

瘦松急得眼看就要哭了，说道："这句'是啊'真说得我要掉眼泪。早知如此,我一开始就不该来求您。我全押在您身上,现在走投无路,您可叫我怎么办呀?"

颚十郎轻轻扯了扯风筝线,道:"嘿,藤波动手挺快的嘛。他为什么连那孩子也一并抓了,到底怎么回事?"

瘦松走到颚十郎身边蹲下道:"御用金从金座运出来的那天清晨,只有一个孩子在放纸鸢。"

"那又怎样?"

"您也知道,御用金出金座是在那天早上八时。而这左内的小儿子芳太郎七时就在那长屋前的空地上一个人放纸鸢。再怎么喜欢,现在的七时才刚蒙蒙亮,出来放纸鸢确实可疑。芳太郎的父亲左内是金藏方,藤波推断他一定是让儿子放纸鸢为暗号,告诉外面的共犯御用金马上要从金座运出来了。"

"哼哼。"

"按照藤波的说法,左内知道按照每年惯例,岁末会用船将御用金送去勘定所。外面的共犯们在运石船上准备好假冒的千两钱箱,老早就等在稻荷河岸一带。只要金座里用作暗号的纸鸢一上天,他们就做好准备动手。"

"那孩子放的纸鸢是什么样的?"

"金座有个乌鸦组,他们把同南浦小田原町的老鹰纸鸢打纸鸢合战当生意做,所以金座里的孩子放的全是乌鸦纸鸢。唯独芳太郎那天早晨放了一只六角形白底,上面画着大红色两道粗杠丹后纹的剑形纸鸢。"

"这丹后纹可是长崎纸鸢常见的纹样,是从那一带买回来的纸鸢吗?"

"不,不是,是左内亲手给小儿子做的。"

"这纸鸢怎么了？"

"这纸鸢和平时一样,被小田原町的老鹰纸鸢缠住,让他们抢走了。藤波说那只纸鸢上肯定系有纸条,上面写了详细的犯案过程,通过纸鸢合战的手法传给了金座外的人。"

颚十郎嘿嘿一笑,笑得十分含糊。他续问道:"这瞎掰得略显牵强啊。那孩子怎么说？"

"芳太郎说老放乌鸦纸鸢实在无趣,一直求他爸爸给他做一只白纸鸢。那天好不容易到手了,高兴得不得了,所以天一亮就出去放纸鸢了。"

颚十郎点头道:"应该就是这么回事吧。如果我是犯人,要搞那么大的动静,断然不会用孩子。毕竟小孩子直肚肠,一旦被抓了,随便逼问几句就会被揭开老底。可现在道具齐备,对方又是藤波,不论怎么辩解怕都没用,真可怜啊。"

"别说风凉话啦。那您又是怎么推断的？想到什么了吗？"

"嗯,还不成形。虽没完全想透,门道倒是摸到了。"十郎慢慢起身,边收线边道,"瘦松,你知道吗,出事的前一天晚上十时前后,跟金座隔河相对的松平越前守家的马厩有个小火灾。"

瘦松摇头道:"不,不知道。自打出了掉包案,我们就一直埋头查案,哪里还顾得上小火灾。"

"都说江户的捕头心眼实,这话真不假。发生小火灾的松平越前守宅邸,隔着一条河正对着金座。你就不觉得可疑？"

瘦松笑道:"总不会是隔着一条河的金座里的人放的火吧。这有什么好可疑的？"

颚十郎仔细地将风筝线缠到线轴上,将纸鸢和线轴拿在手上,说道:"我昨天从金座回松平越前守的杂工宿舍睡觉,正巧他家马夫过来串门,说前一天晚上十时前后,有只提灯纸鸢[①]落到马厩屋顶上,一下子将马厩点着了。还好发现得早,在火势蔓延开之前就弄灭了;要是发现得再晚一些,可要出大事。就为这个,他们那天晚上又是运水,又是搬手压消防水泵,可折腾得够呛。怎么样,瘦松,你还不觉得蹊跷吗?"

"提灯纸鸢……"

"你没想明白也罢。我这就要去松平越前守家的马厩查看,你帮我把藤波叫来,就说我有事想找他谈。那家伙脾气倔,你这么说他肯定会来。"

"这点小事包在我身上。既然您叫出藤波,想必是抓到什么决定性的证据了?"

"这证据我一会儿再想。总之先去藤波那里和他说,仙波阿古十郎在松平越前守的马厩门口等您,劳烦您快来一趟。"

"好,我这就去。您这行事风格,我也跟不上思路。好吧,话我帮您带到,之后就看您发挥了。"

[①] 类似孔明灯,但下面有风筝线牵着,一般为上下两个糊了纸的立方提灯造型,下边的提灯中可点蜡烛。

小　火

射箭场一侧是宽阔的练马场。一眼望去,能看到边上马房长长的侧隔板。

两天前的夜里,这里发生了一场小火灾。马厩一侧有五间被烧得焦黑一片,好几根拴马的粗树桩都烧成了黑炭,横七竖八地倒在湿漉漉的地面上。

跳步避开灭火留下的小水汪往这边赶来的,是江户第一的捕头——南町奉行所的控同心藤波友卫。他还是老样子,脸色冷峻,细长的丹凤眼不时透出犀利的目光。等走近了,他拉下看起来有几分刻薄的薄嘴唇,一言不发地站在那里。

颚十郎刻意毕恭毕敬地弯腰作揖,说道:"哟,藤波先生,恭迎您大老远赶来。不愧是江户第一的捕犯名人,对工作可真热心,让我等惭愧不已,敬佩万分。"

藤波冷冷地问道:"你找我来想说什么?"

"特意叫您过来真是不好意思,我有些东西想让您过目。"

"所以我问你到底是什么东西。"

"得把公务繁忙的您叫到这里来,不用说,是事关之前金座的案子……"

藤波阴笑道:"又来多管闲事?我想也八成是这案子。"

颚十郎嘿嘿一笑，摸摸下巴道："被您说多管闲事，真是惶恐至极。我听说您抓了金座的金藏方立马左内和他的小儿子芳太郎？"

"那又怎样？"

"您这一句句都抬杠可让我怎么说呀，咱心平气和地来。看您也不乐意听拐弯抹角的，我就照直说了。我觉得芳太郎那孩子太可怜，想帮他找出无罪的证据，所以顾不得被您说多管闲事，就把这闲事给管了。您也知道我现在辗转在各家杂工宿舍，不过是个寄人篱下的无名小卒，压根儿没想过邀功或是和您对着干。只是，这帮助无辜之人呀，正好是我的乐趣所在。"

藤波竖起眼角，道："这话里混了好几句不入耳的词。既然你说芳太郎无罪，那是握有什么确凿的证据吗？"

"我发现的这到底算不算证据，还得和您说了跟您商量呢。"颚十郎清了清嗓子续道，"本案中您逮捕芳太郎的理由，是他在清早七时放了一只白底上印有两道红杠的丹后纹纸鸢。那时正好是御用金从金座运出的一小时前。您推断立马左内知道那天御用金很快就要送出金座，为了给埋伏在稻荷河岸运石船上的同伙打暗号，便让小儿子芳太郎放了一只不论从哪里看都十分显眼的白底红杠长崎纸鸢。"

藤波冷冷地反问道："正是如此，这又如何？"

"哎，咱们心平气和地说案。这只白底红杠的纸鸢被别家纸鸢缠住，让人给抢去了。这极可能是因为那只纸鸢上藏有说明详细犯罪步骤的纸条。"

"这到底怎么不对了？"

"我问一个不明白的地方,照您的推断,已确定这只纸鸢是落入运石船那一伙人手中了吗?"

"说什么傻话,如果他们没搞到纸鸢,怎么可能犯下那样的案子。"

颚十郎点头道:"我明白了,这都是您的推断。"他又看了一眼藤波,"藤波先生,现在都十一月了,可为什么这两三日暖和得不得了,好像春天一般?"

藤波终于有些不耐烦了,厉声道:"我赶到这里不是和你扯天气来的,你再不说重点,我就告辞了。"

颚十郎动作夸张地挽留道:"哎哎,您稍等。真是老样子,心这么急。您不回答,我就自己说了。要说为什么天气暖和,是因为这两三日一直刮的东南风。您要不信,大可去浅草的测量所查看天文方的日记,上面写着东风微偏南。我特意去查过,绝对不会出错。"

"风能从东面吹也能从西面吹,这有什么好稀奇的?"

颚十郎摆摆手道:"没什么稀奇,却有说法。藤波先生您也看到了,前天夜里十时,这个马厩被点着了。这里平时不烧火烛,为什么会有火灾呢?原来当时有一只提灯纸鸢从墙外飞来,正巧落到这屋檐上。这事有五个马夫亲眼目睹,绝无差池。稍后我带您去看提灯纸鸢烧剩的残骸。不过,藤波先生,你说从哪儿放提灯纸鸢能飞到这一带来呢。刚刚我也说了,这两三日一直刮东风。"

"啧……"

"看您这反应,应已想透其中就里了。没错,这马厩的正西面恰好对着一河之隔的金座长屋。"

"……"

"神田桥勘定所的触役到金座告知运送御用金事宜,是在当晚八时。而这马厩起小火是在两小时后的十时。我不能一口咬定这只提灯纸鸢就是从金座放飞的,可要给稻荷河岸的运石船发暗号,用不着等到天亮。既然有提灯纸鸢,只要犯人有意,当天夜里便可发暗号。白底印两条红杠的纸鸢自然显眼,但与这夜里放飞的提灯纸鸢一比,到底相形见绌。再说,同样是发暗号,肯定是越早发越方便作案。此乃人之常情。那您查到那芳太郎放了提灯纸鸢了吗?"

藤波苦着脸道:"不,还没查到这里。提灯纸鸢飞落导致这马厩起小火的事,还没有上报到我这里。"

"这就是在衙门当差不便的地方。我正巧在松平大人家的杂工宿舍借宿,所以听闻此事,真是歪打正着。由此推断,芳太郎这孩子应该没有罪过。不用说,这提灯纸鸢乃是'战时狼烟法'之一,扯风筝线操控起来很难,需要相当的技巧,可不是一个八岁十岁的孩子做得到的。因为这提灯中竖有点着的蜡烛,放飞时既要注意不让烛火熄灭,又要防止点着提灯,要将此等纸鸢放到高空,需要超高的技艺。一般人放飞时,还没等提灯纸鸢升到最高点便已点着提灯了。"

藤波抱着手,闭目沉思,不一会儿抬起头道:"你说的确实有道理,可这并不代表立马没有犯案。既然他能给孩子制作长崎式样的剑形纸鸢,想必是对纸鸢有所研究,会放提灯纸鸢也不出奇。他当晚先自己放飞提灯纸鸢,等天亮御用金马上要从金座送出时,再让儿子放那只白底两道红杠的纸鸢,作为御用金很快要出金座的暗号。"

颚十郎摇头道:"这话不准确。要说做纸鸢的男子,金座里还有个大名人呢。而他正好也是一位金藏方——石井宇藏。金座的孩子放的那些乌鸦纸鸢全是他一个人做的。言归正传,要我说芳太郎的纸鸢根本不是暗号,上面更不会有小纸条。您说左内和运石船的同伙约好那只纸鸢上会有小纸条,让他们用纸鸢合战的雁木将纸鸢抢去,事实上根本没这回事。"

藤波含笑道:"哦,怎么说得你好像亲眼所见一般?看你口气这么大,想来一定是拿到确凿的证据了?"

"正是如此,我是有了证据才和您说的。这就带您去看那个物证,请往这边走。"颚十郎带着藤波离开马厩,绕到射箭场墙边的空地上,突然驻足指着一棵蟠曲高大的老松树的枝梢,扭头对藤波道:"芳太郎的纸鸢不是暗号的证据就在那儿呢。他的纸鸢没被雁木缠住让人取走,您看,就挂在树枝上呢。"

顺着十郎指的方向抬头一看,老松枝头确实挂了一只白底上印着两道红杠的丹后纹剑形纸鸢,纸色尚新,正在风中摇晃。

"怎么样,从金座的高墙里面是看不到这棵松树的。芳太郎以为自己的纸鸢和平时一样又被老鹰组的人抢去,其实并没有这回事。咱们根本不用将那纸鸢取下来查看上面到底有没有纸条。哪怕真有纸条,只要芳太郎的纸鸢挂在这里,其同伙便是没拿到暗号。可您也知道,运石船还是出动了。我照此推断,才说芳太郎的纸鸢并非暗号。换句话说,这暗号肯定是在芳太郎放纸鸢前就发出了。怎么样,您同意吗?"十郎好像逗弄人似的抬了抬下巴,"所谓天道真是妙不可言。这两三日来,风一直朝一个方向吹,完全是天意。既然芳太郎在金座放的纸鸢会掉在这里,那落在隔壁马厩的提灯纸鸢也极可能是从金座放飞的,这种推断并不牵强。"十郎说到这里,突然正色道,"其实自打案发以来,我就一直去一之桥边的二番原边放纸鸢边思考案情。放纸鸢其实非常有趣,在这期间我意外地察觉到一件怪事。方才我也说过,这并非是邀功或是和您一争高下,仅仅是我个人的消遣。我这就打算展示给您瞧瞧,事情到底奇怪在哪里。您若不嫌弃,请和我一同去金座走一趟吧。"

藤波紧咬牙关眼望他方,最后不甘心地点头低哼道:"好,我跟你一起去。"

鸦和鹰

颚十郎拿着乌鸦纸鸢和线轴走出松平越前守宅邸侧门，慢悠悠地过了常盘桥。一下桥便是金座的侧围墙。

隔着围墙，能看到金座宅邸的屋顶。里边一如往常，空地上方飘浮着十二三只纸鸢。

颚十郎有些轻蔑地用下巴指指那片天，道："您看，他们还在放纸鸢呢。我以前不知道，原来这金座的乌鸦组和小田原町的老鹰组在下町一带非常有名，还有人专门从山手地区赶到这里来观赏这两组的纸鸢合战。"

藤波有些无精打采地应道："嗯。"

颚十郎兴致盎然，边喊边追视乌鸦纸鸢，道："再过一小会儿，对面小田原町的老鹰纸鸢就会过来，到这里大战一场。我们就在这里看吧。不过单这么傻看也怪无聊的，幸好我带了纸鸢来，就在这墙外放一放。怎么样，藤波先生，要不您也试试？看着纸鸢乘风而起，会让人在不觉间心胸阔达，非常愉快。"

藤波急躁地道："你想放纸鸢只管放，方才那案子才说到一半。到底要给我看什么怪事？"

颚十郎微微一笑，说道："好嘞，您可慢慢瞧好了。所谓欲速则不达，先看看我的纸鸢吧。仙波阿古十郎这就要放纸鸢了！

此乃神田小川町凧八家的纸鸢,这就同老鹰一决高下。"十郎哼着三味线的小曲,灵巧地解开风筝线,让纸鸢乘风升上高空。他的乌鸦纸鸢开始贴着地面飞,差点掉进墙角边的水沟,不过十郎看准时机扯线,纸鸢往侧面一偏,很快开始爬高。在风筝线的操作下,乌鸦纸鸢的黑翼在日光下泛着银光,真像是长了翅膀似的不断上升。

十郎一面放着风筝线一面扭头对藤波说道:"怎么样,我的技术还不错吧。看它迎着阳光在空中飞舞,真如活物一般。只要捏着这风筝线,就能感受到纸鸢在高空中的震颤,相当痛快。"他指了指自己的乌鸦纸鸢和金座里放的乌鸦纸鸢,"藤波先生,我的乌鸦纸鸢能飞那么高,可金座里的乌鸦纸鸢不知为何都只在屋顶附近盘旋。若有十只纸鸢,则十只都是这般低空盘旋,您不觉得有些奇怪吗?"

藤波冷冷道:"这和纸鸢的做工与大小有关,风筝线的绑法和放纸鸢的手法也不尽同,并不是什么特别不可思议的事。"

"哟,是吗,那就先当是这么回事——"说话间,十郎突然大喊起来,"哦!来了来了!小田原町那边放起了三只老鹰纸鸢。纸鸢合战终于要开打了!"

只见从小田原町方向升起了三只比乌鸦纸鸢大两倍的老鹰纸鸢。那翅膀上的羽毛纹路是用银泥画的,在空中闪闪发光。它们毫不客气地朝金座上空袭来,逮住一只乌鸦纸鸢便用自带的雁木割起风筝线。

乌鸦纸鸢也不甘示弱,从三个方向攻击老鹰纸鸢。开始时因为以多打少,老鹰纸鸢一时处于劣势,可它们利用身形巨大的优势,硬生生地将乌鸦纸鸢一只只用雁木割去,往小田原町方向撤退。正当大家以为老鹰纸鸢要收队时,却又升起三只新的老鹰,再次朝金座方向袭来。

颚十郎拍手道:"这下有意思了,我也前去参战吧。"说罢一扯风筝线,他那只乌鸦纸鸢便调转方向往金座上空飞去。

然而,老鹰纸鸢完全不理会十郎的纸鸢。它们绕过高飞的十郎的乌鸦纸鸢,径直俯冲下去袭击金座的乌鸦纸鸢。十郎越是焦急地往老鹰纸鸢那边靠,它们就越是嫌弃地侧身躲开。

"怎样,藤波先生。"颚十郎笑道,"这乌鸦纸鸢上又没记号,可它们就是会巧妙地躲开我的纸鸢。这到底为什么呢?"

藤波不禁拍手道:"这说明金座的纸鸢有猫腻!"

"您既然想到这一步了,我也不需再多费唇舌,这就将这两天观察到的事情择要说给您听。"十郎顿了一顿,续道,"我想您该猜到我今天不是第一次来这金座附近放纸鸢了。其实,自打那掉包案发生后,这是第三次了。可您刚刚也看到了,我发现它们总会绕过我放的乌鸦纸鸢,完全不予理睬。我觉得奇怪,便再次进入金座,同金座的孩子们一起放,可它们依旧不理会我的乌鸦纸鸢。我一直琢磨这到底是为什么,观察了很久,最后发现我的纸鸢与其他的金座纸鸢在空中的样子完全不同。我这乌鸦纸鸢是从小川町的凧八买来的,一放上去飞得很高。可金座孩子们的纸鸢却总是奇怪地在低空盘旋。我们的不同正是这一点。飞不高是这金座乌鸦纸鸢的特点,从很远的地方也能一眼分辨出来。于是我去了小川町的凧八家,询问为什么只有金座的乌鸦纸鸢放得那般奇怪,谁知凧八告诉我,他不记得自己曾卖乌鸦纸鸢给金座的孩子们，说那大概是金座里面的人做的。那之后，我不厌其烦地走访了日本桥、京桥、神田的各家纸鸢铺，大家都说没有和金座的孩子们做过买卖。您方才也看到了，金座每天都有三四只纸鸢被人家抢走，肯定需要补充新货。可这些新纸鸢没有一只出自外面的纸鸢铺。这么想来，凩八说得确实没错，一定是金座里有个心灵手巧之人，孩子们的纸鸢一被抢走，他便做新的给大家。我调查后得知那个做纸鸢的石井宇藏是一名金藏方。"

"原来如此。"

"话说回来，这金座纸鸢奇就奇在它为什么飞不高。您觉得到底是因为什么？"

"莫非是风筝线绑得不好？"

"这个也有可能，但我怀疑是它们比普通纸鸢来得重。"

藤波接口道："它们要与大个的老鹰纸鸢交手，将纸鸢做得重些也在情在理。"

颚十郎点头道："对，开始我也这么想。可若是这样，老鹰纸鸢应该也会攻击我这轻一些的纸鸢才对。然而它们从来都避开我的纸鸢，那样子怎么看都像是只想要金座的纸鸢。"十郎说到这里，再次微微一笑，"这其中玄机略有些高妙，我稍稍转了转脑子，很快就想通了。就这样，我彻底看穿了这纸鸢合战背后的秘密。"他吐吐舌头，舔了舔下唇，续道，"我从一开始就觉得运石船冲撞并不是核心案件。那只是为了让人错以为御用金是在河上被掉包而演的一出障眼法。当时在河岸上，什么事件都没发生。为什么我会这么想呢，因为不论手脚怎么利落，在那么短的时间内,而且是在来往行人众多的早晨,绝不可能神不知鬼不觉地完成三十二个千两箱的掉包!如此一来,若这三十二个千两箱不是被运石船换掉的,那只可能是在运出金座前就被掉包。不消说,撞船事故前后并没有让犯人掉包钱箱的时间,所以犯人应该在金座里,为了让大家认定是外贼作案才特意安排这次撞船。犯人特意安排障眼法让人们觉得是外贼所为,反而证明了所有案件其实都是在金座内部发生的事实。那好,犯人用的究竟是什么手法呢?据我了解,小判被打上印记装进千两箱收入金库后,一年里只有一次开箱盘点,而金藏方却可不受怀疑地时常出入金库。只要有耐心,每天一点点将千两箱中的小判换成旧铁钉并非难事。按一天换二两小判计算,只消半年便可掏空三十来个千两箱。"

"没错!"

"那偷换出来的钱又怎么样了?最开始钱不多时还好,之后金额渐渐大起来,可不是随便找个地方就能藏得住的。这钱若要花出去,十两小判确实值十两的市价,可天保年间改变铸造法规后,一两小判里其实只有两成真金。在金座做事的人岂会死抱着掺了合金的小判不放。若是和吹屋的栋梁勾搭,将小判熔了分出纯金,分量就少多了。以我之见,他们先将小判炼回纯金,减少分量,等过几年跑去山中偷偷建一间吹屋,再将小判做回符合新法规的合金。这就和做年糕一样,小事一桩不在话下。即便如此,掉包出这么多小判要藏在金座中还是相当危险。犯人肯定会千方百计地将赃物转移到外面。他们思前想后,最后想到了乌鸦纸鸢。藤波先生,这就是为什么只有金座的乌鸦纸鸢这么重,总要在低空徘徊。而小田原的老鹰纸鸢总是盯着抢飞不高的乌鸦纸鸢,也是因为这个。"

藤波不禁赞叹道:"厉害,能想到这步真是明察秋毫。"

颚十郎并没有得了功劳得意不已的神色,只道:"事实胜于雄辩,我这就捉一只下来给您瞧瞧吧。"

十郎操纵自己的乌鸦纸鸢靠近金座的乌鸦纸鸢,拿雁木缠住一只,一拉风筝线,熟练地往回收线。他拿过捉回来的乌鸦纸鸢,双手一用力折断竹骨架,只见竹骨架中藏着闪着金光的金属细线。原来,犯人将小判炼回纯金后拉制了金针,藏在了这纸鸢的竹骨架里。

颚十郎嘿嘿一笑,道:"藤波先生,快去小田原町将老鹰组的人抓起来吧,不快些行动,我怕让他们飞到天上给放跑了。还要记得抓金藏方石井宇藏和他的同伙吹屋栋梁哦。"

贡冰

赐冰节

"别挤、别挤啊！都让你别挤了！"

"请给点冰吧……"

"又不是就你一个想要冰，大家都等着呢。"

"我只要一点就好……"

"正在按次序发呢，你排队等等。"

"其实……"

"喂，那边的武士，我们都在大太阳底下等了四小时了，你刚来就想往前插队，脸皮也太厚了吧？"

"真的非常抱歉，其实……"

这里是本乡向冈，加贺大人的赤门[①]，著名大名前田加贺守的御守殿宅邸。这座宅子非常大，从本乡横跨下谷的"根津"，占地十六万坪。宅子中的育德园乃是著名庭院，内有竹径凉雨、怪岩红枫、蟠松晴雪等育德园八景，泉石林木布置考究，极富雅趣。这座宅子在弥生町那头有个便门，正对着北邻的水户大人的中宅官邸。在那门口，挤满了手拿大碗和陶罐的男女老少。他们组成一条四列的大队，一直往"根津"神社方向延伸。

---

① 只有迎娶了将军女儿的大名家才可建造的御守殿门。加贺藩前田家的赤门是迎娶德川家齐之女溶姬时所筑。

原来,这天恰逢加贺大人的雪振舞。这是江户城盛夏时节的一个重大民俗节日。曾有川柳曰:加贺屋宅邸,众人皆称土地凉,俯身舔黑泥。嘉永版《东都游览年中行事》载曰:六月一日有赐冰节的祭祀活动,加州侯对上贡冰,并将盈余的冰雪分发给庶民。

赐冰节又称冰室祭祀,与三月三的桃花节、五月五的菖蒲节、九月九的菊花节一样,都是历史悠久的祭奠活动。自仁德天皇时代,山之边福住的冰室向朝廷进贡冰块以来,每年六月一日就被人们称为冰室节。那一天,江户城的西丸会举行富士冰室的祭祀仪式,朝廷会对伺候自己的大名小名赐予冰年糕。

民间则在这天吃用前年天冷时收集的寒水做的年糕以示庆祝。人们会去江户富士拜神,到驹入的真光寺内敬拜劝请①供奉在寺中的富士权现,拜完了买些稻草做的唐团扇,冰年糕和冻豆腐回去做土产。

六月一日的冰室祭祀有一项古老仪式,即加州侯向朝廷进贡冰雪,民间将此仪式称为加贺大人贡冰。这一仪式传承了延喜式②的古风。在前一年天冷时,加贺家会在宅邸的空地上选一块干净地方,挖个两丈多深的大洞。人们在坑里铺上新草席,放进一只装满冰雪的桐木大箱,再拿周围数万坪内收集来的雪盖在箱子上,又在雪上铺上厚厚的席子,最后垒成一个高高的土包。等春天一过,到了六月一日,人们在艳阳下打开土堆,将周围的冰雪扒开,取出装有冰块的桐木箱抬上轿子,即刻从一

---

① 将神佛的分灵从别处转移过来进行供奉。
② 日本中古时期编纂的律令实施细则。

之桥进里城送到御车寄①。

装雪的桐木箱送到御车寄,由坊主附添②陪着御侧用人送到老中的用部屋,接着依次从用部屋传到时计之间坊主、侧用取次。最后送到将军手上时,早已迫不及待的将军将箱中的冰雪盛入碗中,夸赞一句,今年的雪格外清凉。

人们得知加贺大人的冰已送往西丸,本乡、下谷一带的百姓自不用说,还有人从老远的下町赶来。大家不分远近贵贱,一律手拿容器等着分到剩余冰雪。有人在烈日下排了半天队终于分得一点冰,赶忙坐上轿子往日本桥赶,可碗里的冰还是融化成了水。这水实在太金贵,即便化作一摊温热的水,人们一想到这是冰块化出来的水,还是会觉得格外珍惜。江户的水不好,在盛夏吃到冰雪是百姓们想都不敢想的事,所以加贺大人的冰深得大家追捧。

就在大家拿着大碗和盖碗排成四列长队时,却有个人一直分开人群往前挤。他一再被侍卫拦下送回队尾,可不久又挤上来。此人四十二三岁,一副浪人武士打扮,一直嚷嚷"给点冰吧"。看此人长相周正,眼睛上方生着一道一字眉,可也许是长期的浪人生活所致,他脸颊消瘦,鬓角毛糙,没精打采地耷拉在耳朵上,一副贫苦相。他似乎没有妻子,身上那件旧和服帷子上打的补丁针脚很乱。腰上绑着一条经线早已磨断的旧博多腰带,好像扎了根绳子似的。腰上佩刀的刀鞘倒是丹后涂的漆具,不过里面插的大约是把竹刀。由此看来,他应是一个容易冲动、

---

① 皇城用来停放牛车的地方,类似现代的公交车站。
② 负责杂役和协助在将军府内带路等工作。

一不留神便会抽刀动手之人。此人面如土色,唯有眼睛如点着火一般炯炯有神。他边奋力往前挤边神神叨叨地喊道:"求求您了,给点冰吧……"

侍卫终于生气了,厉呵道:"你怎么又挤上来了?做人怎么能这么不讲理呢!都说了是依次分发,快回去排队!"

那浪人相的男人喘着粗气道:"真是万分抱歉。我插队乃事出有因,其实……"

"什么其实不其实的,就你一个人扰乱次序大声吆喝。你看别人都安安静静地排队等着呢。"

"实在是我的独生子近日患上疫病,整日高烧不退!他烧得迷糊,却记得每年的赐冰,从四五天前起就一直说胡话要冰要雪。我只能反复安慰他说明天就有了,明天就有了。直到今天早上,听说马上就要起冰了,我才飞奔过来。"

侍卫不耐烦道:"谁不想要冰雪!你孩子得疫病又算什么?还有人父母濒死,想让他们最后舔上一口冰,今早天蒙蒙亮就来排队的呢。要是大家都拿父母临终、孩子害病来做借口,那还了得?这冰我们按顺序发,你快去排队吧。"

那浪人低声下气地垂头道:"我为一己之私,真不知如何向大家道歉好。可我丢下发着高烧的儿子一个人来求冰,一想到可能会分不到便焦躁难安。"浪人两眼通红,环视排队众人,"对排队的各位,我只能这样了……"他拿着大碗下跪,"我只能这样给大家赔不是。求求大家行行好,让我插个队吧。"

侍卫皱眉道:"你在这里下跪,我们也不好办。这分冰照规定就是按先后顺序发的,去后面等着轮到你吧。"

"我如此苦苦相求都不能网开一面吗?"

"你太缠人了!"

"若实在不行就算了……我回去排队……失礼了……"浪人眼里噙着泪花,垂头跌跌撞撞地往"根津"方向走去。

那之后不久,终于起了冰,队首开始缓缓往冰室方向移动。

冰室前站着十来个冰见小吏,手拿金勺子等在那里,依次往人们递过来的大碗和盖碗中盛冰。

"好了,下一位。"

分到冰的人欣喜万分,说一句:"劳烦啦,谢谢!"便拿袖子将碗口遮盖起来,急匆匆地一路小跑离开。

方才那位浪人武士依旧一脸焦躁,无比羡慕地目送那些分到冰雪欢欣雀跃、匆匆赶路回家的人。

排队的人很多,一排四人的大队从冰室大门一直延伸到弥生町大街的根津,队伍推进得很慢。

那之后三十分钟里,浪人冒着冷汗强抑心头焦躁,耐着性子跟着队伍一点点前进,好不容易排到冰室附近,再四人便要轮到他了……

一人走了,还有一人,终于轮到他了。浪人拿和服帷子的衣袖擦擦冷汗,颤着手递上大碗道:"请给我一点冰吧……"

冰见小吏挥挥金勺子道:"分完了。"

"您、您说什么……"

"刚刚是最后一碗。"

浪人瞪大眼睛道:"已经……没有了吗……"

"很遗憾。"

"连一丁点都没了?"

"对,一丁点都没有了。今年特别热,本来冰就化了一半,再加今年前来求冰的人格外多,你看,冰室里已经见底了。明年请早点出门求冰吧。"

"这也太过分了……"

"您生我们的气也没用。冰这东西本来就会化,我们虽说是管理冰块的小吏,却也拿它没办法。好了好了,请回吧。"

浪人头脑一热,伸手抓住冰见小吏的手腕道:"那您给我一碗土也好!"

冰见小吏慌了神道:"你干什么呀,快放开我!"

"求求您了,求求您了……"

"喂!我说了让你放手!"那小吏猛地一推,不巧打到了浪人手中的大碗。碗掉在地上磕到石块,裂成两半。

"你怎么这样?"

"这句话我还想问你呢!别磨磨蹭蹭了,快点回去吧!"

浪人蹲在地上,将大碗碎片一片片捡起来。正捡着,也不知突然想到什么,噌地站起来身来,将手中的碎碗狠狠往地上一砸道:"好呀,既然你们怎么都不肯给我,我就抢给你们看!现在送冰的轿子应该还没过水道桥,我这就追去……"

浪人两眼充血,神色十分吓人。他往壹岐殿坂方向望了一眼,脱掉草鞋打着赤脚,顶着一头乱发,犹如阿修罗一般发疯似的跑了起来。

桃叶浴

本乡三丁目,有马澡堂。

这天——六月初三是土用丑日。江户人会在这一天泡桃叶澡,据说可消暑祛痱。每年六月初三,满江户的澡堂都往浴缸里放桃叶。

颚十郎依旧懒散如常,他在这天翘了班,肩搭一条手巾,满头大汗地出门去澡堂。那时正是下午四时,酷热难当,浴室中只有两三名浴客。

枕着一个小桶,正在冲水台边躺着的,是总有一句没一句地哼唱小调的那位邻人老者。浴室中蒸汽腾腾,看不清他的脸,只听他在浴桶那边独自唱着小曲《源台节》,颇有几分韵味。

颚十郎拿个长柄勺接净身热水正往身上浇呢,歌声忽然停下,从石榴口①里钻出一个满身通红的人。这人乃是加贺大人的轿夫寅吉,与颚十郎十分相熟,是个谈吐风趣的滑稽家伙。

他抬头看是颚十郎,"啊"地惊叫道:"这不是仙波先生吗?您今天这就收工啦?"

颚十郎嘿嘿笑道:"大热天的,在衙门当班多没劲,所以干脆请假了。"

---

① 澡堂里隔断泡澡室和冲洗房的门。为了防止热水变凉,有意将门做得很低,需要躬身才能进出。

寅吉走到他身边,边接热水冲身边道:"先生还是老样子,真悠闲。要是您不当班,不如来我们这儿玩吧。这阵子您压根不露脸,大伙儿都惦记着呢。"

"好啊,等泡完澡我和你一起走,好久没和大家拉家常了。"

寅吉大喜道:"好,我来给你搓搓背。"正说着,突然一拍膝盖,"话说本月初一出了不小的乱子哩,您可知道?"

"不,没听说。"

"那我给您讲讲吧。"

"你的心意我领了,可这话要是听着烦热就别说了吧。"

"不热不热,那可是相当清凉的事件呢,因为与冰有关嘛。"

"冰怎么了?"

"这世上的怪事可真不少,这次也是怪事一桩。有人冲撞从官邸里抬出来的贡冰轿子,把桐木箱撞翻抢冰逃走了。"

"哟,这故事确实清凉。"

寅吉凑近道:"再怎么说这贡冰也是自古以来的重要仪式。将军大人鲜有物欲,唯独对这个典礼打心眼里期待。他前一个月就开始算加贺的冰还有几日送到。贡冰如此被上面看重,谁会料到竟有人横刀夺爱!我一点不夸张地说,这次绝对是摊上大事了。将军大人怒气难消自不用说,搞不好这次的轿夫和冰见役们都得切腹谢罪呢!虽说这事儿和冰有关,如此一来也未免太过清凉了些。"

"这年头真是,偷什么的都有。这案子到底是什么人干的?"

寅吉扶着颚十郎的肩膀,边为他冲背道:"我说得有点没头绪,其实抬这贡冰轿子的正是我和阿为,所以……"

颚十郎别过头道："那就是说,你亲眼目击了冰被抢走?"

寅吉不好意思地拿手挠挠脑袋道："您要问我看没看见,我只能说看见了,这事说出来实在太丢人……"

"怎么讲?"

"我这就和您细说。您也知道,我们抬的是会融化的冰块,不好处理。所以历年来,贡冰规定在上午十一时整准时送到西丸的御车寄。因为将军大人会在正午十二时用午饭,撤下席膳后紧接着就要品冰,这时间是无论如何都雷打不动的。为了让贡冰能在十一时准时送到御车寄,负责监督送冰的冰见役会掐着怀表算准几刻上轿、几刻出门、几刻下壹岐殿坂。说得夸张点,从冰室到西丸的御车寄要走几千几百步都定得一清二楚。"

"哟,这真是令人肃然起敬啊。"

"真是的,我听人说打仗的故事《战记》,这武者进军时听鼓声,敲一下走三步,步幅是规定好的;而抬贡冰轿子则是一边有人掐着怀表喊着号子,盯着我们迈大步。去年跑下壹岐殿坂是二百步,还在那儿插了一个示意用的木桩,让我们今年也二百步走完。我和阿为每年都抬贡冰轿子,也唯有这贡冰轿子非得我们两人一起上,大概就是这么回事。"

"有意思。"

"那天我们把冰从冰室里起出来是十时五分,出大门是十时十分,翻过壹岐殿坂走到尽头是二十五分,走到水道桥是三十分,经过神保町是三十五分,从三番原跑到一之桥是四十五分。就在一之桥,出了件意想不到的事。"

"怎么了?"

"我们正要穿过一之桥御门,突然从门里蹦出来个人,没头没脑地就往轿子上猛撞过来。"

"哦?"

"若是轿子上抬着人,压了一个人的分量,也不至于翻轿。可当时我们抬的东西很轻,这轿子叫那人撞得飞了起来。这一下实在出人意料,我和阿为吃了轿棒一记横扫,跌出五六米远去,摔了个四脚朝天。"

"这下可够呛。"

"是啊,也不知那人是怎么撞的,简直像是算计好了一般,轿子劈头盖脸地就往我们身上打,我的眉间和阿为的鼻子正好被打中,火辣辣地疼!'看看赐奴的九连环啊!'① 我正想喊疼,一口气还没提上来,那贼人趁机伸手拉开倒在一边的轿子帘,拿出贡冰桐木箱夹在腋下,飞也似的往御门里逃走了。"

"原来如此。"

"说来好像很久,其实从我们被撞到贼人带着贡冰箱子往御门里逃,真真是一瞬间的事!待我们回过神,那人早已不见踪影。虽说有十来个护送小吏,可他们全是文职,一点骨气没有,只顾嚷嚷不得了不得了。等大家往御门里追时,已是为时已晚。我看那贼人沿着松平越前守官邸的外墙往大下马方向逃窜,想来是从御破损小屋往吴服桥那边逃。可等大家想起追时,哪还有贼人踪影。护送小吏吓得脸色铁青,赶忙去御侧役人那里汇报,之后胆战心惊地回了宅邸。不用说,我家老爷火冒三丈,召集家臣去西丸向将军大人谢罪,闹得可大了。护送小吏

① 这是《看看踊》的一句唱词。

和冰见役全像糅了粗盐的青菜,一顿臭骂是铁定免不了了。"

颚十郎徐徐回头道:"听你这么说,你总看到那贼人的长相了吧?这看一眼就知道。"

寅吉摇头道:"其实我没看着,根本不知道那人长什么样。"

"哦,这又是为什么呢?"

"没什么为什么,人家扯了袖子将脸裹得严严实实,也不知是痘疱脸还是丑八怪,搞得我一点都没看着。"

"嗯……那穿什么衣服你总看到了吧?"

"所以说嘛,要说看到,也算是看到吧。那人穿一件旧和服帷子,腰插两把日本刀,一副浪人模样。不过我可得声明一下,这也只是瞥到一眼,不敢说得太确定。这事真是莫名其妙。"

"所以到最后也不知是谁抢了那箱冰……"

"不,话不是这么说。青……他叫青什么来着,名字我给忘了,反正是个什么浪人,让南番所的藤波给抓住了,说这事情准是这人干的,这就要拍案定论了。"

"藤波吗……动作真快呀。"

两人正说着,看似睡过去的那个平时唱小曲的隐居老者忽然慢悠悠地转过来道:"话说,关于这件事啊……"

颚十郎转头道:"哎哟,老人家,我以为您在打瞌睡,都没和您打招呼。"

这是一个年过六旬的老者,很有派头,仅有的一小束白发在头顶扎成小发髻。他挪着膝盖靠过来道:"其实老朽并没有睡着,方才一直竖着耳朵听你们说话呢。"说罢眨了眨蒙胧的睡眼,"听过刚才的谈话,看样子你还不知道,被南番所抓去的那浪人,其实阿古十郎你也认识,就是常在里屋绑着袖子卖力糊纸伞的青地源右卫门啊。"

"我怎么会不知道他,就是住在卖糨糊婆婆隔壁的那个吧。他还有个儿子叫源吾,父子相依为命。"

"对,就是他。"

"虽和他没有交谈,可他就在我二楼窗下,房子小,有点动静马上就能看到。四五天前,那小孩发了烧,我看他急得不得了。他竟会是抢冰的犯人?"

"到底是不是他抢的,老朽也说不准。这都是源右卫门的口述,他说那冰并不是他抢来的,而是不知何人将装了冰的桐木箱放在他家门口。"

"什么,贡冰桐木箱被人放在家门口?"

"那天他去加贺大人那里讨冰,最后也没讨到,恍恍惚惚回家一看,家门口放着一个陌生的桐木箱。他心想着里面装的什么呀,打开盖子一瞧,里面装的竟是他朝思暮想的冰!"

"哦哦……"

"为什么这么说呢,您也知道,源右卫门的儿子一直在发烧,那孩子说的胡话全是'给我冰'、'给我雪'。做父母的多想趁孩子还有一口气时让他尝一片冰雪啊。源右卫门听说马上就要起冰,抓起大碗便跑去讨要,可惜去得稍晚了些,最终没能分到。他失望至极,失魂落魄地踱到家门口,却看到自家门前放着满满一桐木箱的冰块!他说当时觉得在做梦,以为是太想要冰块,以至于在光天化日下生了幻觉。"

"人之常情,可以理解。"

"源右卫门伸手一摸,那冰还真是冰凉冰凉,猛地明白这真是冰,自己没做梦。要是那时他立马把冰还回去就好了……"

"结果因为疼爱孩子,没忍住对冰出手……"

"正是如此。虽说他是浪人,可好歹也是个武士,很清楚若是动了将军大人的冰是了不得的大罪,最初也想立刻上报。可他儿子就在面前痛苦地发着高烧,用蚊子般细弱的声音喃喃地念着'给我冰'……"

"嗯。"

"源右卫门想,反正这么放着也要化的,不如给孩子尝一口吧,就拿了一块喂到儿子嘴里说,来来,冰来了。那孩子已是奄奄一息,吃到一口冰开心至极,一个劲地说真凉啊真好吃。他正发着高烧,不出五分钟便又口干舌燥,念叨说要冰。这一旦动手哪还停得下来,源右卫门就和大坝决口似的,反复想着再给一块没关系,再给一块没关系。之后更是干脆破罐子破摔,想着若能拿冰块放在孩子的额头和胸口帮他降温,孩子一定能好受些。他拿手巾包了些冰,按在儿子的胸口和脖子上。孩子非常高兴,直说真凉真舒服。等回过神来,箱子里哪里还有冰块的影子。"

颚十郎一反常态,有些悲伤地道:"这听着可太可怜了。那之后怎么了?"

"源右卫门察觉大事不好已经太晚,只得恍惚地抱着桐木箱来到老朽屋里,把整件事的前因后果讲了一遍,还说这就要去真砂町自首,托老朽照顾儿子。他发誓绝不是他抢的冰,自信能洗脱嫌疑,希望用自首表现诚意,争取尽早回来,求我看他可怜,行行好帮个忙。老朽觉得此事实在悲凉,便说孩子我一定照看好。他毕恭毕敬地行了个大礼,便随房东去自首了。"

十郎摇头道:"这可对他不利啊。"

老人点头道:"不利就不利在,他之前讨冰不成时怒发冲冠,当着冰见小吏的面摔了大碗,说既然怎么都不肯给,那他这就追着贡冰轿子一定要把冰抢到手,神色骇人地离开了。"

"哎哟。"

"其实他一口气跑到水道桥,冷静下来一想,对将军的贡品出手,轻则斩首,重则斩首示众,这么一来,儿子不就更伤心了吗,最终悬崖勒马,步履沉重地回了家。除此之外,还有一件对他不利之事,方才我也说了,源右卫门那天穿着一身旧和服帷子,腰上别着两柄长刀。这身行头同在一之桥御门撞翻轿子的贡冰大盗一模一样。"

颚十郎忍不住叹道:"源右卫门打扮得一样,还用掉了贡冰,即便不是藤波接手此案,他也一定难逃干系。非要说自己没抢,未免没有说服力了。"

"老朽真不觉得源右卫门在撒谎。可老朽不是断案的材料,想破脑袋也不知如何帮他脱罪,只能尽力完成他的托付,通宵照顾源吾。我刚把那孩子交给里屋卖糨糊的婆婆帮忙照看一会儿,打算泡个澡回去睡上两刻钟。"说完,老者挪近一步道,"老朽听说你在北番所供职,还有不少抓捕犯人的功绩。我们在此相遇也是缘分,若那源右卫门真是冤枉的,你能不能帮忙救救他?刚刚房东来说,那源右卫门昨天还无论如何逼问都坚决不承认是自己干的,不知为什么今天突然改口说一切都是自己所为,东西确实就是他抢去的。你也许有所不知,这源右卫门曾在九州肥前的彼杵地区供职,俸禄两万八千石,乃是大村丹后守的指南番①,板仓流一顶一的剑道高手。即便用海老责②严刑拷打,也不会轻易松口。他竟会主动翻供,一定事出有因。"

颚十郎一直将双手抱在胸前低着头,突然抬头道:"我无法保证一定能找到证据帮他脱罪,可他与我同住一个屋檐下,如今落到这步田地,实无法坐视不管。好,那就容我试试看吧。"

---

① 武术指导。
② 反绑罪人的双手,使之两腿盘坐后让下巴碰到腿。受刑者身体弯曲、颜面充血,形同大虾(海老),故名。

韦驮天

颚十郎肩搭手巾,和寅吉一起出了有马澡堂,边扯着闲话边往本乡三丁目左边拐,走进加贺大人宅邸的赤门。

一进杂工宿舍,大伙们见到十郎亲热极了,连正在睡觉的都爬起来从四面将他团团围住,一个劲儿地喊"先生"、"先生"。

颚十郎在门口附近盘腿坐下,喝了一口轿夫送来的茶水,环视围着自己的杂役们道:"听说前阵子出了奇怪的乱子。"

这屋子的部屋头①两腿微分跪坐着,探出身道:"哎,实在莫名其妙。就因为阿为和阿寅,连带我们都被臭骂一顿,真是无妄之灾。要怪都怪他俩,不就是有人撞了轿子吗,竟然被撞得人仰轿翻,实在丢人。"

"你也别说得这么狠,凡事都有个巧劲。要是不巧,榻榻米上跌一跤也能崴了脚。这事我刚在有马澡堂听说了。其实那抢冰的嫌疑人,正巧和我住在同一间长屋哩。"

十郎将源右卫门的十岁儿子患疫症发烧一病不起的事,和他去讨冰碰了一鼻子灰一时冲动说了气话的事原原本本讲给大家听。屋里登时静了下来,还有人不时地抽鼻子。

部屋头边拿手揩鼻头边道:"我不知背后竟有这样的事,一

---
① 杂工宿舍的头领。

直生气地咒骂那人莽撞、说他没骨气。早知有这事,真不该说那么狠毒的话。"

"大家也都听到了,这事实在凄凉,我正在努力想法子,把他救出来。"

"好好!"

"要说这救法,还须得求各位助我一臂之力,如何,大家肯不肯帮这个忙呀?"

部屋头起身道:"这有什么肯不肯的。轿夫只会抬轿,看着不起眼,可我们喝的都是河里的活水,胆子大,抑强扶弱自然不在话下!即便看到韦驮天①身穿皮衣骑在鬼鹿毛②上,我们都不带打颤。管他那个藤波还是蛆波③有多厉害,只要他敢随便动青地一根毫毛,我们立马动员全江户三百五十六间宅邸的杂役,加上卧烟④和无宿⑤,将南番所砸个片甲不留!"

颚十郎摸了摸长下巴道:"你别太激动。我想求大家帮的忙用不着这么兴师动众。能劳烦阿为和阿寅将那送贡冰的轿子抬出来,再跑一趟一之桥御门吗?"

部屋头诧道:"哎,让阿为和阿寅抬轿子?这又是为何?"

"我想让他们和前天抬贡冰时一样,正好花四十分钟从冰室跑到一之桥。"

---

① 佛祖的护法神之一。相传释迦佛入涅时有邪魔抢夺遗骨,全靠韦陀追回。日语以"韦驮天"形容跑步极快之人。
② 武田信玄之父武田信虎的爱马。
③ 日语"蛆"和"藤"发音相近。
④ 协助消防员灭火的杂工。
⑤ 名字未登记在宗门人别改帐(同现代的户口本)里的人。这类人除了唯恐遭连坐被家人除名的人、被判处流放刑的人以外,多是受到饥荒和商业资本主义冲击导致破产的农民百姓。

"四十分钟？您到底葫芦里卖的什么药呀？"

颚十郎正色道："贡冰轿子出冰室后，不论冰见役手脚多麻利，要将那么多冰雪分完，怎么也得花上三十分钟。轿子出冰室要四十分钟才到一之桥，那在轿子出发后三十分钟再开始追，到底能不能赶上轿子呢？"

部屋头一拍膝盖道："原来如此，我明白了！我们抬着轿子出发，您想试试过三十分钟后开始追到底能不能追上吧！"

"要帮青地，此乃第一要务。若怎么都追不上，那此案就不可能是他干的。追得上追不上与青地到底有没有罪息息相关。"他顿了顿，续道，"劳烦你们哪位去那天的冰见役那儿走一趟，问当天究竟是何时开始分冰，又是何时分完。我这就去金助町的舅舅那里把他的怀表借出来。我一回来马上就要用轿子，你们把轿子搬到冰室门口候着吧。"

"好嘞！喂，阿为、阿寅，你俩去停轿间把那轿子搬出来，放个和贡冰箱子差不多重的东西在里边。"

"好！"

金助町就在附近，颚十郎从舅舅这里借了怀表赶到冰室一看，那杂工宿舍里的杂工全出来了，正等着十郎呢。

"好多人呀！"

"反正要跑，我们想跟在您后边，大家一起跑好威风一些。"

颚十郎摆摆手道："不行不行，这么多人太显眼。我只要阿为、阿寅和部屋头这三人就够了。话说，冰见役怎么说的，冰发完是几点呀？"

一个机灵的杂役上前一步道："说是关上冰室回到宿舍正

好是十点半。"

"十点半啊,知道了!"颚十郎掏出怀表看了看道,"这怀表上现在是三点差五分,等到了三点整,你们就抬轿子出发。我过三十分钟后开始从这里追你们。"

"好的。"

"此事差一分钟便能决定青地的生死,你们可要好好干啊。"颚十郎说罢又对部屋头道,"这块怀表放在你这里,一定要看准时间让他们正好花四十分钟跑到一之桥御门。"

"知道了。"

"你们别看我这样,我跑起来还没怎么被人比下去过,更别说那饱饭都有一顿没一顿的青地了。"

说话间,三点到了。

一看时间到了,阿为和阿寅立马直起腰杆来。部屋头跟在后边道:"那我们走了!"

"快去吧!"

大家吵吵嚷嚷地,一同到正门送行。

颚十郎坐在冰室里等,待到有时钟的房间传来咚的报时太鼓声,他便知道三点半了,嗖嗖地卷起衣服下摆,脱了草鞋打上一双赤脚,道声:"我去也!"话音刚落便如一团黑云奔出。

十郎拐过空地跑过长屋,从正门往本乡方向一路狂奔,在本乡一丁目右转拐上壹岐殿坂。过水道桥后,左边是水野大人的大宅官邸,绕过榊原式部斜穿过四番原跑到三番原。等他满身大汗地跑到一之桥时,阿寅、阿为和部屋头三人已放下轿子在桥头等他半天了。

颚十郎喘道："怎、怎么样？你们在这里等多久了？"

"看来不行啊。我们跑到这里放下轿子正好三点四十，现在都三点五十五了。您这晚了十五分钟呢。"

颚十郎边擦汗边道："我已跑得五脏六腑都要从嘴里颠出来了，竟然还晚了十五分钟，看来相差很远啊。不过凡事都怕万一，咱再试一次吧。"

四人抬着轿子回到加贺大人的宅邸，从头再试了一遍。

好多人听说有个长相奇怪的长下巴还不到一刻钟又要在本乡大道上飞跑，纷纷出来看热闹。十郎跑过时，人们走到店门口边谈笑边目送他。

第二次十郎快了十分钟，即便如此还是没赶上。在颚十郎赶到的五分钟前，那轿子已等在桥头了。

余　味

小伝马町牢房占地三千五百坪,内有扬座敷,扬屋,大牢、二间半(无宿牢)、百姓牢和女牢,分布在不同的建筑物里。

官位高过目见、俸禄不到五百石的嫌犯关在扬座敷,官位不及目见的小吏、和尚、山僧、医生和浪人武士则关在低一级的扬屋里。

扬座敷即单间牢房,地上铺着包边榻榻米,提供的饭食放在日光膳①上,还备着碗和茶盘。每间自带浴室和厕所。

扬屋不同于大牢和无宿牢,也是单间,不过格局相比扬座敷简单得多,铺的榻榻米是不包边的坊主叠。另外,这里不像扬座敷有佣人端饭,所以没有茶盘。厕所和浴室都是共用的。

扬屋房间的大小也奇怪,四块榻榻米不到,一边高墙头上有扇窗,一边是大牢格子门。另一边对着走廊,在中格子窗外就是键役和值班改役的房间。

这两日越发憔悴的源右卫门坐在扬屋里,对面坐着的正是仙波阿古十郎。想来十郎并非刻意摆出一副兴致盎然的样子,只因他平素看来格外从容,所以在这种阴气十足的地方显得尤其格格不入。二人的交谈正好暂告一段落,青地两手扣在膝头

---

① 涂有日光漆的小饭桌。

垂着头,颚十郎则摸着长下巴,出神地抬头望天花板。他用手驱赶快要停到鼻尖上的苍蝇,边用不得要领的口气道:"哎,这事可真是的……"扯了几句不明就里的话后,十郎重新打量青地几眼道,"总而言之,在番所当班的人总会格外谨慎絮絮叨叨地确认些早就说过的事,这说白了也是职业习惯所致。我问一句听着有点傻气的问题,你从加贺大人的宅子走出来,是走哪条道跑到一之桥的?"

"要说哪条道,这路就只有一条。从壹岐殿坂走到水道桥,看到大宅官邸了便从榊原式部的拐角往四番原、三番原走,最后到一之桥。"

"嗯,路咱确认过了。听说你是在一之桥御门里埋伏着等轿子来的,那你究竟是在什么地方赶上那贡冰轿子的呢?"

青地抬眼道:"您说什么地方是什么意思?"

"才这几天就忘了?"

"不,我想起来了。我赶过那轿子正好在水野家的大宅官邸附近。"

"具体是在?"

"正好是拐角那里。"

"哈,原来是在那儿赶上的。为何你没在那儿直接动手呢?"

"那天那里好像在搞祭祀,我跑到附近时,不巧遇到榊原的徒士众①们正扛着蒙了油箪②的钓台从里面出来呢。"

"那确实不方便下手。你为什么要躲在一之桥御门里?那

---

① 隶属江户幕府徒组的下级武士。
② 蒙在橱柜等外面的外皮,用浸过油的布或纸做成。

一带有空地,在三番原下手可比躲在门里伏击容易得多吧?"

"其实我也这么想过,可那地方看似方便逃走,其实四面坦荡,没有遮拦。"源右卫门垂头续道,"其实,那天的两天前起,我除了水什么都没吃。若靠这双软绵绵的脚从三番原逃走,想必马上就会被抓。而躲在御门内,则可躲进宅子里,在里面穿梭躲藏,还能勉强逃脱。"

颚十郎点头道:"哦,原来你两天都没吃饭,却从本乡一路跑到一之桥,这可不简单。"

"说来难为情,我当时跑得差点断气,现在回想都觉得晕眩难受。也不知为什么竟追上了,自己也觉得不可思议。"

"这都是你一心为了孩子,浓浓父爱功不可没。要说不可思议,你明明没偷没抢却主动认罪,也真是不可思议。"

青地猛地抬头道:"您说什么?"

颚十郎笑道:"你也真是个老实人,一点不会撒谎。就凭你这样子还骗得过藤波,真不容易。"

"糟了!"

"你这吃惊的样子也是装的吧。"

青地粗声道:"你凭什么说我骗人!不管怎么说,这冰就是我抢的,不假!"

颚十郎朝他摆摆手道:"好啦好啦,你也别这么大声。既然你这么肯定,我便问问你。你方才说看到有人抬钓台出榊原的宅子,但你可知道,榊原式部上月中旬就已搬去九段的中坂了。现在那座宅子正空着呢。"

"啊,这……"

"藤波估计是不小心大意了,但我可没这么好骗。这江户再怎么繁华,也不至于从空宅子里抬出祭祀用的钓台来。要是你说的是真的,那可是见鬼了。"颚十郎瞟眼源右卫门续道,"你可听好了,那天从冰室起冰时,护送人看表显示十点五分。轿子跑到一之桥是十点四十五分。而你从冰室起跑,是在轿子从冰室出发后的三十分钟,也就是十点三十五分。就算你再是韦驮天飞毛腿,也不可能只花十分钟就从本乡跑到一之桥。我这话口气挺大,也许你听着觉得刺耳,那就照实跟你说了吧。其实昨天,我找人按照那天花的时间抬轿子,等轿子走后三十分钟,一路狂奔猛追,可那轿子进了一之桥御门,我才跑到三崎稻荷附近。无论如何都晚十分钟。为了以防万一,我又试了一遍,第二次也没赶上。之后我找来加贺大人家有名的飞毛腿——小田原的吉三帮我跑。这吉三可是能在一天之内轻松往返江户和小田原的飞毛腿,他试了试,虽然比我快多了,可也没赶上,轿子进一之桥御门时,他刚到四番原入口。"颚十郎微笑道,"我说句失礼的,方才你说那两天什么都没吃,只喝了水。就凭你那天的脚力,是绝对不可能追上轿子的,就更别说追过轿子绕去前面伏击了。我说得对吗?"

"……"

"我说青地先生,在你家门口放下那箱冰就走的,到底是谁呀?虽说是一箱冰,毕竟是贡品。抢夺贡品是要斩首示众的大罪。你不顾患了疫病正在发烧的儿子也要包庇这个犯人,想必是知道犯人是谁吧。"

青地低下头,愁眉不展,久久没有开口,过了好一会儿才抬头道:"您真是明察秋毫。我也不隐瞒,将实情统统告诉您吧。其实这冰,确实不是我抢来的。"他坐正身子,将手扣在榻榻米上道,"我并没有亲眼见到那犯人,可他竟会将贡冰箱子丢到我家门口,我心里便有数了。要说此人不得不和您说说我的家丑。我有个大儿子,名叫长一郎,他是个放荡妄为的混小子。每每拿些不正经的东西去人家家里强借勒索。我实在拿他没办法,在前年与他断绝了父子关系,可他再无赖我们也是至亲。我猜一定是他抢来了弟弟源吾想要的冰雪,丢在自家门口。若是余年不多的我替长一郎顶罪自首被砍了头,那孩子再怎么无赖也会浪子回头吧。因为这个,我才不惜欺上做出这事来。"

颚十郎双手环抱,道:"我知道了。不过这事有点儿怪呀。"

"怎么讲?"

"那拿旧帷子挡住脸从一之桥御门跑出来撞翻了贡冰轿子后匆匆往御门里逃走的男人,乃是在酒井大人宅邸赌钱的御家人①,名叫石田清右卫门。他因赌钱起纠纷砍了小吏的鬓角,慌不择路逃出来,谁知正巧撞翻了轿子。他一看不妙,又赶紧逃回宅子里,冰也好箱子也好,什么都没偷。总之,这次的事与你大儿子长一郎并无关系,不用做无谓的包庇。"

青地忍不住挪动膝盖上前一步道:"此话当真?"

"什么当真不当真,当时酒井大人那屋里有十几二十个人能证明我的话。且当事人石田清右卫门根本不知道自己撞翻轿子惹出这么大的事来。"颚十郎摸着长下巴悠悠说道,"话说回来,其实我大概猜到了是谁往你家门口丢的那箱冰。这件事

---

① 武家直属的武士。

与你无关。那箱冰没有被清右卫门偷走,而是从轿子里滚落出来,掉在那附近的草丛中。当时正好有人路过,以为是个值钱的东西,便顺手捡走。打开一看,没想到就是个空箱子,心想着,什么呀没劲,往墙头后面一扔。那墙后面正好是你家。这是小偷们的惯用伎俩,偷来钱包后将里面的钱财拿走,再将钱包随便丢在别人家门口。这种案例要多少有多少。只是这次不巧正好丢在你家门口,此乃你的不幸。事情经过大概就是如此,怎样,明白了吗?"

那之后一刻钟,颚十郎忽然现身加贺大人的大宅官邸,将阿为和阿寅叫到空地上来道:"阿寅和阿为,你俩干得漂亮。"

两人大惊道:"什么干得漂亮呀,您在这儿没头没脑地说什么呢?"

颚十郎嘿嘿一笑,说道:"轿子打翻后那贡冰箱子顺势从轿子中滚出来,掉进了堤岸下的草丛里。你们知道青地的小儿子正发着高烧很想要冰。看到当时的情景觉得是个好机会,便相互打了个眼色,大声嚷嚷,喂,那个武士夹着贡冰箱子逃走了!冰见役和随从都傻得很,一听觉得出大事了,赶紧追过去。事既至此,与你们两个轿夫也就没什么关系了。你们让其他人在西丸外跑得辛苦,其中一人则偷偷溜出去取回贡冰箱子,三步并作两步跑到青地家丢在他家门口。"十郎看了两人一眼道,"谁知那青地老实得很,竟然带着箱子去衙门自首。你们肯定也是大吃一惊吧。"

阿为惊得大气也不敢喘,道:"这事您怎么知道的?"

"你别小看我,我这耳朵与你们的不太一样。既然你们有时间看那贡冰大盗拿起箱子逃走,又怎会没时间看清楚他的穿着打扮呢。既然有意将人家的打扮说得那么含糊,想必是有什么特别的原因。我自打在有马澡堂听到这事,已想到搞不好就是你俩监守自盗。"

"先生您做人可不厚道呀。"

"不厚道的是你们吧。我知道你们常去青地家拜访,可同我说起他时却完全是'这人我不认识'的口气。那时我就猜到事情的真相了。"

阿为和阿寅不禁打颤道:"这下事情了不得了。那我俩会被办了吗?"

"怎么会呀,这冰化了便无影无踪,它源自水最后又化作一摊水。只要当没出过这事不就万事大吉了吗。"

丹顶鹤

"二"字伤痕

每年例行的鹤御成明天就要举行了。正值月班的北町奉行永井播磨守去城内西溜与南町奉行池田甲斐守商议安全警备事宜。

一个茶坊主①过来迎接道:"阿部大人突然召集两位。"

鹤御成与十月隅田川和滨御殿的雁御成、驹场野的鹑御成、四月千住三河岛的雉御成一样,是将军鹰狩的项目之一。而鹤御成是其中最隆重者。

自第九代将军以鹰狩猎得白鹤上贡朝廷获得御嘉纳的封号以来,鹤御成便成为一年之中的重要仪式。按照惯例,鹤御成在农历十一月下旬到十二月上旬期间,选天气格外寒冷的一天,于千住小松川畔的鹤御饲场内举行。最初猎得的鹤会在将军面前由鹰匠头剖开左腹,取出脏器奖赏猎鹰,后将粗盐揉入鹤腹内缝好伤口,从小松川日夜兼程送往京都进贡。沿途经过时,小吏们会喊"鹤大人来啦"的开道吆喝。

那之后猎得的鹤,会将肉存放在粗盐中,于新年第三天做成将军早餐中的鹤御吹物②。当天猎到鹤的鹰匠赏金五两,协助

---

① 负责给将军侍茶以及接待访客。任职者需剃光头,故称坊主(和尚)。
② 吹物是高汤之意。

制伏的赏金三两。另外,那天午餐会配两桶菰樽,敲开镜盖①拿酒兑上鹤血,做成"鹤酒"犒赏平时劳苦功高的重臣。

文化初年,鹤御饲场共有三处,分别在千住的三河岛、小松川畔和品川的目黑川畔。这三地都建成四方形,周围挖有深深的护城河,与世隔绝。要去御饲场里只能掐准时间坐专门的御饲场船,守备非常森严。到嘉永年间,相关规矩放松了不少,但若杀害御饲场的鹤仍属死罪,哪怕只是弄伤都要受流放之刑。

御饲场里一般有十五处代地②,设鸟见役一职管理代地。此外,还有六个网差和下饲人常住在御饲场里,每天为鹤撒三次精白米,每次五合③,并与在代地歇脚的鹤套近乎。与鹤套近乎的方法有很多。待到鹤见人不再害怕闪躲,鹰匠便来御饲场查验,并将此情况上报若年寄。若年寄与老中商议后,确定鹤御成举办的日期,上报给将军。

永井播磨守和池田甲斐守穿过大走廊去往柳宫房间,老中阿部伊势守正在那里等他们。伊势守长得大度慈悲,见二奉行到了,满面笑容地道:"二位辛苦了。大家得以专注家国大事,一举一动格外风光,这都多亏了二位平素在暗地里费尽心力管理的这两个衙门。御府内能有如此安宁,我先在此向二位道谢。明天就是鹤御成的日子了,虽说国事繁重,却不能疏忽祖宗传下来的例行祭祀。而且这鹰野的御成有体察民情之意,需心怀诚意进行庆祝。奈何当下并非万事太平之时,街中警备想来要比平时更加森严,关于此事……"

---

① 为防止桶装酒在运输过程中损坏,会裹上厚厚的菰草,故称菰樽。菰樽没有盖子,而是用称作"镜"的薄木板封住,遇事取酒时就用锤敲开镜盖。
② 鹤随季节不同聚集的地方。
③ 一合约折合180毫升。

阿部说到这里，稍稍向前挪动膝盖，道："我今天找你们来，是要说一件意外之事。此事不是别的，正是关于主公喂养且格外宠爱的那只名叫'瑞阳'的丹顶鹤。不知为何，此鹤从今年夏天起一天比一天衰弱。我命人将瑞阳送去小松川的御饲场，让饲养员十合重兵卫调养，可今天一早重兵卫进代地的围子一看，瑞阳竟已死去，正浮在水面上呢。"阿部缓缓抿了口苦茶，续道，"我们找来鸟见役、网差和专门给鹤诊断的滋贺石庵验尸，翻开翅膀一看，只见那胸口心脏正上方有个二字形的深伤口。小松川沿岸的御饲场护城河有很多水蛭，看那伤口的形状，确可能为水蛭咬伤。可若是水蛭咬伤，全身上下只有一处伤口实在反常。且这点小伤应该不会致死，真是史无前例的怪事。"

甲斐守微挪膝盖，探身问道："那石庵大夫的判断是？"

"他说看着像是刺伤。"阿部顿了顿，又道，"若真是刺伤，那究竟是何人，又为何做出这等事来？这背后的缘由让人摸不着头脑。将鹤刺死又得不到半分好处，莫非是发疯或醉酒所为？我最初想到的就只有这两种可能。"

播磨守点头道："言之有理，这动机确实十分可疑。"

"这次的鹤御成，除了按惯例进行鹰猎，主公还有别的考量，即让大家一同观赏瑞阳的优雅身姿。现在出了这样的事，主公的郁闷自然不用多说，他要求彻查瑞阳的死因，辨明犯人的作案动机。说到这事……"阿部瞟了一眼播磨守，"你们衙门那个叫仙波阿古十郎的小吏可真是个奇人啊，听说他之前在甲府勤番做伝马役①，却有超乎常人的查案才能。"

---

① 负责在街道的宿站运送公家货客的小吏。

播磨守顿时微红了脸，略自豪地应道："确实如此。"

"还听说他还长着一张怪脸。"

播磨守苦笑道："要说他的长相，容我说句粗话，那就是马儿叼着提灯——这下巴真是长得出奇。就是因为这副异相，他才留下了颚十郎的绰号。"

阿部伊势守兴致盎然地点头接道："我也有耳闻。人们都说诸葛亮的脸长达二尺三寸，天生异相往往伴随着大智慧。南番所有藤波友卫，北番所有仙波阿古十郎。最近他们两人相互竞争比试破案，主公也有所耳闻。所以这次——"阿部好像掂量比试般看了两奉行一眼，"主公想鼓励他们今后更加努力破案，除暴安良，命两人一起调查瑞阳横死一案，当场断案。因此，明天在鹰猎后，主公将于仮屋寄垣内听取两人的断案问答。"

在将军面前举行断案捕犯的对决实乃前所未闻，两奉行闻言都惊得呆了。

伊势守依旧一脸和蔼，续道："当日两人均临时赐以鹰匠头副役官职，着装随官职，上身当穿弁庆格子花纹半缠，下身应着浅黄绞小纹木棉股引，头戴头巾，外披背割羽织。两人需在辰时到仮屋前集合，趁鹰猎时去饲养代地的围子勘察现场。午时下刻（十三点二十分）主公用妥中饭会到仮屋寄垣，本次特批在垣边给两人放置马扎设座，两人均限带随从一名。断案先后以抽签决定，两人分别查验完尸体后就在主公面前推论。此鹤究竟如何死去，若是被杀则犯人使用何种手法，出于何种理由犯下这次罪行，将本案的前因后果清清楚楚地当场解释。"

甲斐守紧张过度，脸色铁青，抬头道："您刚刚说这次是断案问答……"

伊势守狡黠一笑道:"此次乃是真本事的较量。若对对方的推断心存异议,可自由进行反击反驳,直到对手屈服。"

"哦……"

"本次佐田远江守担任吟味听役,我来做审判役。待两人对决完毕,石庵大夫将现场对鹤进行解剖验尸,验证两人的推断。赢得本断案对决的一方,奉行赏时令正装一套,断案人赐黄金五枚、鹤酒一盏。这是主公亲临的断案对决,两方切莫粗心大意,全力准备,好好表现。"

"是!"

"明白!"

两奉行一出西溜,便马不停蹄着手准备上了。当务之急是尽快将此事传达给下面,让他们做好各种准备。若在将军面前被对方驳倒,可真是让奉行的脸面没处搁了。不论是断案双方还是两奉行,被对方驳倒都将成为一生的耻辱。

佐田远江守想简单过一遍翌日的流程,追到下城口来叫住两奉行道:"稍等!"

两位奉行闻声回头应道:"啊?"两人脸上都不带一丝血色。

前　夜

　　甲斐守快步如飞地走进书院,整了整衣冠,顾不上捧手炉,劈头就问:"事情的原委你应该从组头柚木伊之助那里听说了吧。不论怎么看,此对决都非易事。"说到这里顿了一顿,抬起五官端正的脸,观察藤波的反应。

　　藤波只是轻轻点头,并未作声。

　　"你是大家公认的江户第一名捕,想来定是不会大意。可这只看一眼伤口,就要当场推断出犯案手法、案发时的情况、凶器类别、何人下手和下手动机,实在不简单呀。"甲斐守说到这里又顿了一下,看着藤波,好像在等待他的回答。

　　藤波依旧不语。他面容清瘦,好似削过的竹子,只顾低着头,两片薄嘴唇紧闭,一声不吭地坐着。

　　这藤波友卫乃是南町奉行所的控同心,捕犯人当世第一,再玄妙的疑难案件落到他手上也都如探囊取物般迎刃而解,时人谓之曰断案鬼才。

　　只可惜藤波脾气乖僻,是为美中不足。他常常闷声不悦,而今晚的情绪却又与平时不同,只见他眉头紧锁,双目圆瞪,简直是拼死之相。

　　甲斐守续道:"这场断案对决明天就要举行,留给我们的准备时间所剩无几。查看御饲场围子和给瑞阳验尸原本定在明天,可临时仓促想必无法仔细查验。所以我们须趁着今晚用尽一切手段做好事前准备。关于这点,我已调来一名对小松川鹤御饲场的分布与地形十分熟谙的鹰匠,代地所在、围子数目、壕沟深宽等只需问他便好。想来他也一定了解案发时的情况。这鹰匠应该到了,你若不介意,我这就喊他进来……"

这回藤波终于开口了。只听他说道:"不劳您费心。"

甲斐守一惊,道:"不劳烦?何出此言?"

"我会在明天查验。"

"可我刚刚说了……"

"不劳您费心。"

甲斐守听藤波说得斩钉截铁,不免有些不悦,于是两人都沉默了。稍后,甲斐守缓和脸色,道:"我只是想也许能获取一些有用的信息,并非强求。可你起码得去会会滋贺石庵大夫吧?他知道当时瑞阳是如何掉在水中,水朝什么方向流,水里长了多少水草……提早知道这些,临时碰到情况也有个底。"

"不必了,这也不劳您费心。"

"莫非你已有把握?单说不费心,我可没底啊。"

藤摸抬起头,面色苍白,神情严肃地答道:"若是这样,就算赢了也不算数。"

"这话说得奇怪。打仗就是讲事前侦察,现在北町奉行所肯定也在提前准备。我们这是彼此彼此,没什么不光彩的。"

"这次北番所应该不会做手脚。"

"何出此言?"

"其实,那仙波阿古十郎从四五天前就下落不明了。"

"什么?仙波他……"

"四五天前,他留下一句去大利根沿岸钓寒鲫就出门了,至今音讯全无。"

"哟,这可真是……"

"今天中午以来,北町奉行所已闹得天翻地覆。他们从御藏河岸边派五艘快船疾往利根找人,奈何利根川流域广阔,也不知他是在安房还是在上总,找起来毫无头绪。"

"糟糕啊!"

"谁叫仙波是出名的浪荡子呢,那家伙只要兴致上来,从澡堂拐出来徒步走去长崎都不是不可能。而且他突然说要钓鱼,谁也不知到底是不是真去钓鱼。即便北番组的人运气好,在北浦或佐原找到他,从那里赶回来最快也得明天夜里到江户。他能不能准时在仮屋前迎接主公都很难讲。"

"确实如此。"

"仙波的舅舅森川庄兵卫急得犹如热锅蚂蚁自不用说,播磨守大人也是格外担心。据说他留在庄兵卫位于金助町的宅邸,不断询问人找到没,心急如焚。"

甲斐守感同身受地重重点头道:"原来还有这事,这已不是一句担心便能说尽的事态。将军大人点名要看你们的断案对决,当天一看竟少一人,这是无论如何都说不过去的。何况此事又关乎在中间牵线的阿部大人的颜面,哎,播磨守的愁确实非常人所能想象。"

藤波耸了耸消瘦的肩膀,道:"其实我现在的焦躁也非常人可想,所以从刚才一直魂不守舍,坐立不安。"他说到这里突然一笑,"其实我天生冷漠,不讲慈悲。那庄兵卫气急败坏中风昏厥也好,播磨守颜面尽失辞官隐居也罢,对我而言都是不痛不痒。我忍着一口气,好不容易得到一个机会,能名正言顺地教训一下那怪胎冬瓜脸,让他今后再也没法在御府内晃悠,哪知这个对手竟又下落不明,真让我死都不能瞑目!这、这实在太让人不甘……"藤波说到激动之处竟难以言语,他顿了顿歇口气,猛地抬头续道,"捕犯断案的御前对决乃前无古人之举,打日本建国以来是头一遭,日后恐怕更不会有,我自当拼尽全力!方才我说不愿去围子事先调查,也不愿去见石庵大夫,都是做好觉悟才敢夸下如此海口的。"

藤波挪了挪膝盖,向前探出身子,道:"仙波什么都不知道,正悠闲地钓着寒鲫,可我却红着一双眼事先调查。就算我藤波再无情,也觉得此举过分。不用说,您重视此事为我做了这么多准备,本应对您表达感激之情,无奈我委实心有不服。听您的意思,仿佛料定我无法当场查出究竟,需要事前准备一番。可事实绝非如此,我从小在番所长大,一心尽力做好同心一职,就连说梦话都是'抓到了,抓到了'。妻小会妨碍查案,所以我这把年纪仍孑然一身,苦心孤诣精进断案,落到瘦骨嶙峋,这都不是闹着玩的。现在只是死了只鹤,要求看一眼伤口说出案件的前因后果,讲明是自然死亡还是被杀,若是被杀则是用何种凶器、被何人以何种方式杀害,这点小事若都不能当场对答如流,又如何为将军大人做事?这话由我自己说有些不妥,可我被称为江户第一、日本无双绝非虚言。因为以上种种,我才让您不用费心安排。"藤波说完，傲然凝视甲斐守。

甲斐守和颜悦色地听完藤波目中无人的发言，这时更流露出前所未有的温和笑容，说道："你话语间多次蔑视上司，但看你热心公职，我听过便算。可话说回来，藤波，既然你敢夸下如此海口，莫非已对本次断鹤案有了切实的推断？"

藤波头也不抬地道："有。"

甲斐守不禁惊呼道："哦！原来你早就有数了！那瑞阳到底是自然死亡还是被人杀害？"

"它是被杀的。"

"那对方又有何所图呢？"

"要说所图，只要恰巧在鹤御成前一天瑞阳死去这一点便可解释。那鹤前几日都安然无恙，偏在这天无缘无故死去，难道不奇怪吗？这背后一定有原因，只要认准这条线索就可顺利破案。我断定凶手就是围子里的人。至于犯案动机，我已掌握了八九成。"

"到底什么原因？"

藤波摇头道："此事很可能关乎他人生死，单凭推断就指控的话，怕有草菅人命之嫌。详细案情需待验尸后再做全部说明，请您少安毋躁。"他说到这里，突然抬头对甲斐守道，"说到这里，我倒是有一事相求。"

"说说看吧，只要我能办到，不论何事都帮你实现。"

"请帮我准备一挺换乘用的快脚轿子。"

"你要那快脚轿子做什么？"

"这还用说，当然是去上总各地搜查颚十郎的下落！我猜小便组那群人一定只会在宽广的利根河滩一带转悠,今天内绝对找不到他。而我认为他会在畎川支流的小港。若他确实在利川沿岸,那我便逆流而上,无论如何都要在天明前将他带回江户！正如适才所讲,我这次是要拼尽全力,若此番断案对决不成,我一定死不瞑目！所以我无论如何都要找到他！"

一小时后,在暮色尚浅的大桥上,一顶快脚轿子伴随着震耳欲聋的开道吆喝声,如流星般向东疾行。

折　芦

举目皆是一片枯萎芦原。

木桩浸在水中,周围浮着一层薄冰。水鸟凄厉的叫声从折断的芦苇丛中传来。

这里是横跨小松川与中川的平川洲,河对岸就是葛饰。此地地势平缓,分布有四木、立石、小菅等几个村庄。

东方泛起鱼肚白,低矮的草房上空冒起两三道备置早餐的炊烟,显得格外寂寥。

河畔参差不齐、泥泞不堪的枯苇丛里,一个三十三四岁的浪荡武士正在垂钓。只见他耷拉着一个异乎寻常的长下巴,怔怔地望着浮子。他身穿一件脏兮兮的黑色羽二重料裕褂,脚蹬一对粗稻草鞋,实在不像是钓客打扮,反倒酷似饿着肚子的海盗,被人追逼到这片河滩。

此人本是甲府勤番的伝马役,可才当班不到半年便捅下大娄子,结果又走在江户做与力的舅舅的后门,在北町奉行所分到查旧账的小吏一职。

藤波友卫以拼死的觉悟去房州一带搜索,哪知他要找的这位颚十郎对此一无所知,就在这里悠闲地钓鲫鱼呢。

确切地说,河滩边不只有一个颚十郎。

他身边还站着个疾病缠身的六旬老者。老人状甚可怜,正双手揪着野草,吸着鼻涕絮絮叨叨地同十郎说话:"方才我也说了,我家原本也算是中国地区①的名门望族,做大名的马回②,有俸禄五百石,过得衣食无忧,却因一点小事丢了饭碗。那之后,我家生活一直动荡窘迫。我家犬子伝四郎——虽说好汉不提当年勇吧,可他年轻时确实是一把射箭好手,特别擅长大和流笠悬蟇目伴流的水箭,却因家道败落,不受重用,只能在离这里不远的小村井郊外住下,勉强过活。我儿媳妇因做不惯手工活,太过劳神,于去年秋天丢下最大才六岁的四个孩子亡故。我内人患有肺病,而我则有疝症,两人只能卧病在床。我儿子一个人供养七张嘴,到最后实在过不下去,只能出去到处求人,最后讨到一个在御饲场做下饲人的工作。儿子有了工作,一家人终于喝上了一口米汤。可这世道也真是弄人。我本是马回,有俸禄五百石,却几经波折落到今天这步田地。犬子本有大好机会施展才能,如今只能做个蓬头垢面的下饲人。可那孩子一点不埋怨我,反而尽心尽力,可谓至孝。怎么看怎么想都觉得我这孩子命太苦。"老人说到这里,揪住一把枯草,老泪纵横。

颚十郎将视线从浮子上缓缓移开,问道:"所以您才寻死?"

"对……我想少张嘴也好,多少能给儿子减些负担。"

"这见解可不好,您没和儿子想到一块去啊。那叫伝四郎的为了让您活下去才如此拼命,您若是寻了短见,他不就白忙活了?拿着五百石的俸禄跟在大名身后并非是世间的幸福。就

---

① 古日本按驿站距离京都的远近,将全国分作"远国"、"中国"和"近国"。其"中国地方"大致是今之鸟取、岛根、冈山、广岛、山口五县。
② 在大名的马周围骑马负责护卫的武士。

算饥一顿饱一顿,可一家人团团圆圆已是至高无上的幸事。不过,单说都是空话,好,我来帮帮您吧。"

"您说什么?"

"我一定帮你家伝四郎找到一份好工作,放心吧。天照诚心,神明必会帮助纯粹至诚之人。一定是老天爷看您为了儿子不惜寻死十分感动,才让您遇上我这样人脉广泛的人。这都是您平日遵守美德的回报。虽说我不能让您回到俸禄五百石的年代,但多少能想办法安排您一家七口人吃上饱饭。您别看我穿得寒碜,我认识的人可不寒碜。这大名小名都能算是我的朋友。我一定帮您解决问题,您可千万别再自寻短见了。给我三天,三天后一定给您带来吉报,请耐心等我消息吧。"

颚十郎安慰老人一番,扶着他将他送回小村井的住处,随后返回方才的河滩,准备再放下鱼线之际,忽闻中川下游传来"划呀划呀"的吆喝声。只见两条快船正逆流而上,那船身十米来长,又窄又细,翘着船头一路疾驶。狭窄的船头站着三个人,用脚打着拍子齐声吆喝划船,快得简直要飞起来。

定睛一看,站在船头的正是那藤波友卫!

两条船气势惊人,颚十郎都不免看呆。看到十郎,船上登时响起一片欢呼声,船头径直冲上苇原,藤波一个箭步跳下,分开折断的苇草便往十郎身边跑。

颚十郎收起鱼竿,站起身道:"哎哟,原来是藤波先生。"

藤波格外恭敬地行了个礼,道:"我听说你去大利根畔钓鱼,从昨天召集南北船手搜寻你的下落,费了好大功夫!到今早寅时,我也觉得这次真的找不到了,急得六神无主,只好将船驶回中川，没想到十间桥船宿的大爷竟说：'你们要找仙波啊，他就在这条河上游呢。' 真是远明近暗！我们马上点了灯摸黑划船来找你。"

藤波还是老样子，说话时嘴一噘一噘，随后简单向十郎说明了御前断案的前因后果。他那细长眼睛里略带怒色，瞪着十郎道："这次我决意打你个落花流水，所以从昨晚就拼命打听你的下落，一路摸到这里，总算被我寻到。仙波，我今天可不会手下留情，你做好觉悟吧！"说罢得意且满足地纵声大笑。

鹤谈议

十郎穿着舅舅给准备的弁庆格子的半缠和割羽织,完全是一副鹰匠打扮,与藤波二人候在代地入口附近。只听小村井方向传来马蹄声,伴随着"将军大人驾到"的吆喝,将军的马队已走到代地的木桥跟前。将军穿一件藤色阵羽织,头戴涂了金纹漆的阵笠;身边侍从穿着裃取羽织和股引裤,脚蹬草鞋。这队人马算上老中、若年寄和近侍,一共三十骑。大家到寄垣前下马,将军去仮屋稍事休息,待到辰时下刻由鸟见役引到狩场。

面前是一片茫茫草原,其间星星点点地散布着几个搭着苇棚的围子。远处入江口的池塘边,十二三只羽鹤正晃着纤长的脖颈悠然踱步。

鹰匠头眼神犀利慑人,让大切斑纹的猎鹰停到腕头上走到将军跟前,进呈御鹰。鸟见役高举日之丸的扇子,边吆喝边走向水池的鹤群。

鹤受到驱赶,马上一抖翅膀接二连三地飞起,那振翅之音令人神清气爽。远远看去,白鹤就犹如冬日晴空忽然飞雪,齐齐飞上蓝天。

尖利的口哨声蓦然响起,停在将军腕上的猎鹰悄无声息地升上高空,侧着身子在空中滑翔。随着将军的猎鹰飞起,鹰匠也放出两三只协助猎鹤的鹰。只见那鹰飞到极高处,从地上看已成黑白相间的小点,随后猛地俯冲入鹤群中撕扭追赶。

鹰匠吹着鹰笛给鹰鼓劲,不久,大鹰叼住了一只大白鹤的脖子。它拿刚硬的翅膀反复扇打鹤头,扯着鹤往下飞。等到离地十五尺时,鹰松开嘴,再次飞上高空,旋即如落石一般落到鹤的上空,将它扑倒在代地之内。

"哗哟哗哟,哗哟哗哟——"鹰匠吹起了唤回猎鹰的短促笛哨,那鹰放开已瘫软下来无力抵抗的白鹤,飞回鹰匠腕上。

"漂亮!"在大家的欢呼声中,鹰匠带着鹰走到将军前方的白木台前,拿小刀割开鹤的左腹,将血放入血桶之中,掏出脏器喂给猎鹰,又拿盐揉入鹤腹,快速缝上伤口,放入白木匣中贴上封印。那匣子被放入惣黑金纹的轿子送往京都。礼毕,将军去用午饭了。

转眼便到未时上刻,前所未闻的捕犯断案御前对决就要拉开帷幕了。

将军坐在寄垣口的马扎上,随从们在他左右站成两排。

寄垣口的白木台上横放着瑞阳的尸体,两奉行所的吟味役藤波与颚十郎分坐白木台左右马扎。担任吟味闻役的远江守站在南边,审判役阿部伊势守则在北边。

抽到先手的藤波友卫行礼后走去白木台前,依次查看左右翅膀内侧、鹤嘴内和爪尖,然后默默回到座位。接下来轮到颚十郎,他与紧张不已的藤波完全不同,还是一脸从容不迫的样子,就像翻石块似的随手翻了翻鹤身,心不在焉地瞧了几眼,便一脸"什么呀,没劲"的表情施施然回去坐好。

远江守将白扇放到膝头，朗然道："两位已完成验尸，请马上说出推断。本次对决的规则，老中应已说明，若是对对方的说辞心存异议，可当场进行反驳。根据抽签顺序，藤波友卫，你先说。我问你，这丹顶鹤瑞阳是自然死亡还是遭人毒手？你的判断是怎样？"

藤波猛地抬头，狠盯住远江守道："这只鹤绝对是被杀的。"

"理由？"

"方才查看伤口，乍看像是被水蛭咬伤，其实是用于捕猎水鸟的箭头所致。这水箭头一般是燕尾形、素枪形或蟹爪形，而这伤口却是猪目透的二字形。在水箭里使用二字形箭头的，只有伴流的手掷水箭。此伤触及心脏却未能深深刺穿，留下如同浅显擦伤一般的伤口，是因为犯人靠近鹤后突然掷箭刺杀。"

"原来如此，有理有据。犯案手法和过程我明白了，那犯人为何要杀鹤呢，这样无益的杀生能有什么好处？"

藤波一口气道："《菘翁随笔》有载：'养鹤需喂粗粮，倘饵料劣于先前喂食之物，则鹤绝食而死。'据我推测，这御饲场中有人盗取了喂养瑞阳的精白米，换之以秕谷、米糠。眼看鹤御成次日便要举行，犯人不敢让主公看到瑞阳绝食衰弱的样子，暴露其掉包罪行，便拿与水蛭齿型相近的猪目透二字形手掷水箭刺杀瑞阳，将伤口伪装成如遭水蛭叮咬一般。"

话音未落，另一侧马扎上便传来了叹气声。

远江守转头对颚十郎道："仙波阿古十郎，藤波友卫的推断你已听过。你的见解如何？若有异议，不妨直言。"

颚十郎一直漫不经心地听藤波说话，冷不丁被问到，竟嘿嘿笑道:"藤波先生的高见,简直让我听得着迷。可他只是说得好听,其实一句都没说到点子上呢。"

"哦,此话怎讲?"

颚十郎晃了晃长下巴,好似着了风的冬瓜,说道:"我思前想后,要知将军大人威震一方,断不会有呆蠢者胆敢盗取将军宠鹤的饲料。何况当前是太平盛世,按理不当有这等人偷鹤食的凄惨之事。若真有平民百姓需偷窃鹤粮,那一定是家中困苦。想来丹顶鹤也会可怜那人,不论自己的饵料被换成了秕谷还是粟米,都会高高兴兴地吃掉,毕竟鹤乃灵鸟中的灵鸟。又兼此鹤不是一般的鹤,是主公亲手养大的鹤,不可能不受主公的慈悲感化。此鹤是不会做出为了自己而让他人断送生命的事的。所以方才藤波先生说的这围子里的鹤食大盗也好,拿水箭刺杀也罢,都是子虚乌有之事。"

正说着,远处下座的下饲人席中,有一人突然哇地大哭起来。颚十郎权当没听见,反而提高嗓门道:"鹤并非庸禽凡鸟,它们能一飞冲天,在千里白云上啼鸣,在百尺松枝上歇息,不沾凡尘,即便沾了泥沼依旧和顺清丽。若说出淤泥而不染的龟是屈之极,那这鹤便是伸之最。《古今注》有云:'鹤千岁为苍,两千岁为黑,谓之玄鹤。白鹤亦同。鹤知死期,藏身深山幽谷中亡。'我方才查看瑞阳乃是白鹤,想已活足两千岁了。它将自己的寿命让了出来,因此死去。"

"你的证据是?"

"证据就是它胸口的二字形伤口。此伤并非手掷箭头所致,而是瑞阳自己用嘴戳伤心脏。不管这伤口与鹤嘴对得上对不上,事情必定是如我刚刚讲的那样。瑞阳将余命统统让给主公,主公必定长寿,活个千岁万岁不在话下,真是可喜可贺呀。"

阿部伊势守慌忙站起。只见坐在马扎上的将军大人举起白扇,十分满足地道:"两位的推断真是十足精彩,不错不错!瑞阳案到此结束,两人均得打赏。哎呀呀,这真是可喜可贺!"

乞丐大名

客人的名片

来客穿一件带家纹的褐色羽二重小袖衫,下身那条茶棒纹的仙台平袴裤卷得老高,腋下夹着一把纯金刀鞘头上毛雕①了秋草的短刀。虽说他尽量挑选了便宜衣服,可仍然遮不住雄藩的家老派头。

他看上去五十五六岁,长得忠厚老实,仿佛有难言之隐,一直拨弄着白发斑斑的鬓角,脸色阴郁不安。只见他郑重地将手放在膝头,开口道:"其实……"才说到这里又深深低下头去,须臾续道,"此事实在是太异常理,不知该从何说起……"

客人喘着粗气,再次垂下头去,显得谨慎万分。坐在他对面的,是北町奉行所负责查旧账的小吏——人称"颚十郎"的仙波阿古十郎。他照例穿一件黑羽二重旧袷褂,从前襟隐约看到那盘坐隆起的膝头。他抚摸着大如冬瓜的长下巴,漫不经心地随口应和着。

要比性子慢,颚十郎绝对所向披靡,要让他吃惊动摇更是难上加难——也许这世上根本没有那样的事。客人又是叹气又是皱眉,十郎却不放在眼里,自顾呆望天花板,不动声色地候在一边。看他那样子,就好像直到对方开口主动说为止,等上

---
① 在金的表面刻出如毛发般的细线。

十年二十年也不在话下。"

客人思前想后,思想斗争良久,总算憋不住了。他再次恭敬地行了一个大礼,道:"今日突然造访,皆因有要事相求……"

颚十郎含糊地"哦"了一声,应道:"这到底是什么事?啊,我只是随口问问,并不是在催您。今天不讲,明天后天都行,即便拖到今年大年三十傍晚,我都会一直陪着您。谁叫我是奉行所的例缲方呢,除了翻查过去的判决案例也没有别的能耐。再说我剑术糟糕透顶,您若想找我帮您复仇,怕是不能胜任啦。"

"不,不是这样的。"

颚十郎点头道:"哦,是吗。那会是什么事呢,莫非您有好多女儿,正愁着不知往哪儿嫁好,看我虽是个大老粗,但许配一个也无妨?可我单是供养自己这张嘴就过得紧巴巴了,娶了您女儿也没法给她一口饭吃。您的心意我领了,但实在对不住,还请您把这婚约……"

客人忙打断道:"不不,绝不是这么回事。非要说的话,此事关乎我家大人的千秋家业。"

颚十郎歪歪头道:"这听来非同小可。这么大的事,我怕是难以胜任,因为我不过是一介……"他正要再次滔滔不绝地长篇大论,客人见势不妙,忙接口道:"您太谦虚了。前日的丹顶鹤一案,还有堺屋的案子,您都能从细微的线索中发现真相,抽丝剥茧,推理断案,易如反掌。实不相瞒,我想求助于您的头脑,拯救深陷危机的主公一家。"他毕恭毕敬地续道,"刚刚给您呈了名刺,我的名字就写在上面。敝人岩田平兵卫,是受禄于关东申藩的小吏。我知道这很失礼,不过我主公的名字……"

"嗯?"

"还请您不要多问。"客人猛地抬头,直勾勾地盯住十郎,续道,"行吗?"

十郎爽快地点头道:"好,知道了。若是如此,您方才连关东都不用说。不过不说我也都知道了。听您有下总口音,而且这名片纸是古河特产——掺黏土的间似合纸。知道了这些,连翻查武鉴①的功夫都省了。下总的古河家俸禄十二万五千石,是雁间②规格。"客人脸色大变,十郎却视而不见,续道,"您不说我也知道,您是土井大炊头大人的家臣,可这都没什么大不了的。您家主公的名字不说也罢,我也不会多问。不过,这下总的古河家地处江户东侧要地,您在这家做家老,公务想必是相当繁忙。哎,我能体谅您。"客人一个劲儿地摆手道:"不不,我绝不是……"

"您别急嘛。要是我说得不对,那就不对吧。可我刚才说的那番话应该都没错吧,但我都懂,您是土井大人家老的事,我什么都不知道。就更别说这岩田乃是假名,您真名叫石口十兵卫了,这事我听都没听说过。"

"啊?为什么您会知道?"

---

① 主要武士家族的一览表,载有姓名、家谱、官位、俸禄额、领地、居城和家徽等信息。
② 大名觐见将军之前的等候室,俸禄在三万石和十五万石之间者使用雁间。

洲崎之滨

颚十郎嘿嘿一笑，道："为什么这话说得有些生分啊。话说回来，您可真能硬撑，一般人被我如此一激，早就卸甲投降了。可您却为了主公装相到底，让人敬佩。"

十郎伸出长下巴，有些揶揄地看着客人。也许因为他那奇特的面相，这场面有些滑稽，他的话固然毒辣，却不会惹人不快，着实不可思议。十郎拿余光扫了一眼正低着头、如石佛般沉默不语的客人，续道，"这话听来狂妄，可方才和您说的不过是热场把戏，既然您一装到底，那我便拿点真本事给您瞧瞧。让我掐指算算您从宅邸到这里，一路上到底干了些什么吧。"

十郎故意清了清嗓子，娓娓道来："您今天清晨八点半从芝田村町的上宅官邸出门，可偏偏不坐近在眼前的二丁目十字路口的辻轿子①，特意在路边等来一台脏兮兮的四手轿子②，上轿后先到日本桥。您在日本桥本石町的土佐屋买了块干柴鱼，再转往本乡真砂町来。何以您如此大费周折呢？皆因不想让家里人知道行踪，而且不想让我猜出您的家底……"

"……"

---

① 在十字路口（辻）等待乘客的轿子。
② 用四根柱子作支撑，配上竹篾做成的简易轿子，多为平民百姓使用。

"您别吃惊,把道理说开了其实很简单。我看到您穿的羽织背后起皱,那是背靠在绑成十字的竹栏才会留下的皱痕。您家宅邸的轿子自不用说,一般稍好些的町轿子,背靠处有软垫,羽织碰不到竹栏,不可能留下这样的印记。还有去土佐屋买鱼干,如果仅是想买鱼干,这田村屋和本乡都有土佐屋,根本不必大老远跑去日本桥。您选择去那里的,自是要迷惑视听,使家人查不出您的去处。"

"……"

"您走到真砂町一丁目,在更科前落轿,上二楼借了砚台和毛笔,开始伪造名刺。"

"……"

"您在原本的石口十兵卫上加了山、十和点,就变成岩田平兵卫。说到这里得夸您几句。您大可新买些纸,重新写张假名刺,可您历来节俭,一张纸都不愿浪费。其他那些镇守一方的家老,真该向您学习才是!我这可不是讽刺您,绝对是肺腑之言。至于我怎会知道您去了更科,那是您下巴上,荞麦渣……"

客人慌忙去摸下巴,颚十郎看得忍不住笑道:"我可没说有荞麦渣呀。其实确凿证据在您衣襟里插着的牙签上,那牙签柄上印着'真砂町更科'几个字呢。不应该啊,这么一来,您特意去日本桥转个大圈子再赶来的功夫全白费了。您藏掖了半天,其实什么都没瞒住,就算您再绕远路,这样马虎大意也不行。"

石口十兵卫两手握拳放在膝头,全身僵直,突然两手滑落到榻榻米上,抬头道:"您真是火眼金睛,明察秋毫。没想到能说到这个份上,实在出乎意料,这真是……"

颚十郎又摆出呆蠢的神色道:"您过奖了。我知道,像您这般细致周到的人在有求于人时,要行多大礼数。您为了主公名誉,不论我怎么说都没有报出主公大名,忠义之心溢于言表。且您身居高位却不顾礼数直接登门拜访,实在让人感动。我知道您并非有意隐藏,却还故意调侃打趣。您会有如此觉悟,将主公之名隐瞒到底,可见事态非同小可。我猜此番要务定是攸关他能否继续受领十二万五千石的俸禄……我抢在您前面说吧,您是想让我帮主公度过这一劫难,对不对?"

"对,您说得没错。"

"那您迟早得把事情原委都告诉我。我就是想要您早点开口,才特意激您。我既非目付又非老中,就算听了朝廷的内幕,您也无须担心我会向人泄密。再者,我也不至于如此疯傻。您对主公一片忠心,我佩服得五体投地。虽说不知具体的事情,可只要我能做到,一定鼎力相助。请您抛开顾虑,将事情原原本本地告诉我吧。"

十郎这不爱管事之人,今天也不知是怎么了,竟对石口如此亲切。若是知晓他平素作为的人听到这番话,想必会觉得十分滑稽。石口十兵卫听闻此言,大概是近日操劳之故,深陷眼窝的一双老目中竟泛出泪花,道:"我同您今日初见,贸然登门拜访,做出种种失礼之事……都这把年纪了,还在年轻人面前失态,可您既不嘲笑也不嬉闹,还允诺鼎力相助,真让我又感动又羞愧,不知该说什么好……"

石口哽咽着说不出话,只能低头不语。他是大藩的家老,只消一眼便能看出不凡的见识和风度。这样一位老者竟在外人面前如此动摇失态,在背街小巷破旧长屋的老榻榻米上两手撑地,颤着双肩嘤嘤哭泣,此情此景着实让人惋惜。

良久良久,石口十兵卫才抬头说道:"是这样。先君利与大人只有一个亲生儿子,名唤源次郎。源次郎大人三岁那年春天,利与大人辞世,众家臣立刻让源次郎大人继承家业。第二年春天,服丧刚结束,先君家臣相马志津之助、伝役桑原萩之进和医生菊川露斋便同源次郎大人去继任祈愿,前往矢田北口拜祭产土大人①。源次郎大人可能是被神乐的太鼓吓到,回程途中在轿子里多次昏厥。最后被迫半道将轿子停在百姓家,借人家的小房间给源次郎大人休养,好不容易才恢复正常。当时诊断说是着了惊风,那之后源次郎大人平安无事地长大,不出意外地接到圣令,许可他元服后继任家督,家里老老少少都欢呼雀跃。那之后,家老相马志津之助和医生露斋相继去世,敝人不才,接手家老一职,专心培养源次郎大人长大成才。可今年春天,我听到令人意外的谣言。"

"哦,什么谣言?"

"谣传先君嫡子源次郎大人其实在第二年春天拜完产土大人回来时,就在百姓家中昏厥,而后再没睁眼。因为害怕古河家的十二万五千石俸禄被废,先君家老志津之助便伙同伝役萩之进,找来偶然路过、与源次郎大人长得十分相像的街边乞丐之子做替身。他们拿钱买下孩子,将他扮作冒牌主公,若无其事地回了宅邸。虽说这是无凭无据的谣传,却也不能放任其传得越来越离谱,所以我找人调查,找出了散布谣言的源头。那

---

① 出生地的土地爷。

人是矢田的庶民仁佐卫门。离奇的是,这仁佐卫门早在两年前就死掉了。"

"原来如此。"

"无奈先君利与大人的外戚——他夫人的外甥北条数马心怀不轨,想要废了源次郎大人,霸占这俸禄十二万五千石的家督之位。他早就伙同伯父土井美浓守勾结老中,此时这谣言更让他暗暗欢喜,果不其然,他一听说便开始调查,再三逼迫萩之进说出事实真相。可这原本就是谣言,无凭无据,他极力逼问却一无所获。北条一看萩之进不好对付,又从高野山找来了一个名叫雪曾的看相僧,在端午节当天当着全家的面给源次郎大人看相,胆大妄为地说大人乃街边乞丐之相,大闹一场。若放任他这样下去,恐怕真会危及源次郎大人的命。就在二十天前的夜里,那萩之进潜入寝室抱走了源次郎大人,就此下落不明。"

"这可太胡来了!我不知现在情况究竟有多紧迫,可这样将孩子抱走,反倒证明了源次郎大人确实就是街边乞丐之子,让事情变得毫无周转的余地啊。"

石口十兵卫坦率点头道:"您说得没错,我急的也正是这点。我想,无论如何要尽早把人找到,也许萩之进那里会有线索,便去他府上翻找文书和笔记,结果找到一张留言,看留言的意思应该是去了洲崎一带,我立刻离开他家宅院赶往深川,在洲崎一带仔细搜寻,可并没有找到线索。至今已是开始寻人的第二十天,我依旧徒然地到处乱转,白费脚力,到现在也不知凶吉。另一方面,不知是谁走漏风声,数马知道了萩之进逃去江户的事。我听说他找来人称江户第一的南町奉行藤波友卫,帮忙寻找萩之进的下落。您也知道藤波以绝情果敢著称,我只凭一双老人的腿脚一点点寻人,可他有两三百个探子,简直能做到遍地搜索,我根本没法跟他比呀。我实在走投无路,只好冒昧登门求您帮忙,还望见谅。"石口稍稍一顿,续道,"万一我晚一步,源次郎大人很可能会有生命危险,而北条做伪证表明源次郎大人就是街边乞丐之子,更是板上钉钉。掉包家族继承人乃是欺君大罪,轻则领地减半;若要重罚,自源赖光以来的名门望族、受俸禄十二万五千石的古河家很可能会因没有继承人,就此废族!求求您看在我辛苦可怜的份上,一定要尽快找到源次郎大人的所在啊!"

事件重大,颚十郎也震惊不已。他再次打量石口十兵卫一番,方道:"原来如此,这可真是不得了的大事。难怪你死撑到底,绝对不将主公的名字说出口。且不说这源次郎到底是不是乞丐之子,现在的情况若是给老中们知道了,无论如何古河家的封地都要受影响。这可真是太让我吃惊了。"

颚十郎正摸着下巴咋舌,忽然若有所悟,急问道:"话说,这事情有点奇怪啊。那传役萩之进的留言,到底写了些什么?"

"那留言实在莫名,只写了'洲崎之滨'几个大字。"

颚十郎嘿嘿一笑,心领神会,登时满脸欣喜,拍着膝盖怪声道:"知道了,知道了!原来如此,若是这样,那一定是我们先找到。想那藤波再有能耐,也断然不会知晓这样的细节,无法抢先查到。石口大人,我这话听来像吹牛,可源次郎大人的行踪,我阿古十郎确已了然于胸!您放宽心,尽管回府上歇着去吧,我看明天中午就能将人给您带回来啦!"

颚十郎说到这里又得意地笑了笑,道:"怕您不信,我就跟您说了吧。没人会把江户的洲崎叫成洲崎之滨,自古以来就只叫洲崎。江户的风土记里带'滨'字的地名并不多,您知道吗?"

首试验

夕阳斜照在浅草田圃,鸟越的堤岸对面并排着好几家鱼糕店,传来嘈杂人声。

那站在高处发号施令的不是别人,正是一脸傲慢的藤波友卫和他的副手肥仔千太。

这里虽说是穷苦非人①的聚居地,可藤波他们找来的孩子人数也确实可观。五十来个五岁到七岁大的乞丐小孩排成一列,被藤波像松王丸②似的挨个查验。这些孩子有的流着鼻涕,有的头上有癣,还有的啃着手指呆望。肥千伸手抬起他们的下巴,仔细查看。虽说和《菅原传授手习鉴》的第三段③描绘的有所不同,可这些孩子们都是山野出身,大家都面相平平。

肥千有些看烦了,道:"都说这佛面一日只能看三次,可我看乞丐的脸已经看了三天。从早看到晚,看得神志都不清醒了,最厉害时,回家看到自己儿子的脸,都觉得他有些呆傻,脏兮兮地让人受不了。这首试验④到底要做到什么时候呀?要是可以,我真想就此……"

---

① 最下等的贱民,不得参与生产职业,只能从事监狱刑场的杂役等工作。
② 净琉璃《菅原传授手习鉴》中的人物。
③ 讲述松王丸为救菅原道真之子秀才,将亲儿子小太郎送去当替身,以此向菅原道真报恩。
④ 对照他人的长相。

藤波把三白眼一吊，道："就此什么？话别说一半，干脆点儿全说了呀。"虽说他素来阴郁，今日却似乎格外地心情不佳，狠狠咬牙道，"你是想说不想干了是吧，想说看烦了吧？"

"不不，没这回事！"

"我已知道家老石口十兵卫去找颚十郎帮忙了。说实话，古河家这十二万五千石到底会怎么样，与我没有半分关系，可既然和那颚十郎对上了，就绝对不能落在他后面。别说聚居区了，桥下、佛堂下也要找，一定要将那小鬼找出来！我必须抢在他前面把人找到！"

"对对，您说得对。"

藤波颜色阴沉，嘴角一撇道："对，对什么对？我说千太，那个下巴怪今早寄给我的信，你不也看了吗——您现在做的事风马牛不相及，我觉得可怜不过，所以给您一点建议。这都是什么混账话！我们对他客气点，他倒彻底蹬鼻子上脸，挺把自己当回事儿呢！要是放任不管，以后不知会傲成什么样子。这次我一定要抢在他前面找到人，让他说一百遍'万分抱歉'！现在是紧要关头，哪里是嫌脏的时候！要是你不乐意，那我一个人找，你先回去吧。"

肥千忙摆手道："玩、玩……我开玩笑的！找到一半被您赶回去，之前的苦心不是全白费了！要说给那个下巴怪一点颜色瞧瞧，也是我的夙愿！我都干到这份上了，您若现在赶我走，那老大您就太狠毒了。我确实说了抱怨话，那不过是为了换换脑子。我随便嘟囔几句，您也犯不着当真，发这么大的火呀！"

藤波笑道："别哭了别哭了，乞丐小鬼正看你笑话呢。既然你这么想,我也不强行赶你。剩下的人不多了,还有三十来个,咱们打起精神,好好检查完吧!"

"是,好嘞!"

肥千一脸嫌弃地边咂嘴边走去乞丐小孩那边,对比着画像,继续一一对比。藤波则站在高处,警惕地仔细观察乞丐小孩的举止。

正看着,从堤岸那边突然传来喊声:"喂!藤波先生!"

回头一看,颚十郎正施施然地往堤岸这边走呢。他歪着下巴微笑着,踱到二人跟前道:"哦,还在找啊。真不愧是人脉广泛的藤波先生,召集了不少孩子呀。倒不是说枯树衬山头,可将这么一大群非人小孩聚集在一起,看着倒也有点排场。您看右数第二个孩子,长得和您真像,莫非是您的私生子?快看快看,这血缘难逆,那小鬼正拿一双三白眼往咱这儿瞧呢!"十郎满嘴胡言,说了些嬉笑调侃之词,续道,"话说回来,我今早给您寄了信,您还没收到呀?"

藤波板着脸道:"我还以为是谁在那里大放厥词,原来是仙波先生。你的信我看了,可那行文狗屁不通,实在读不明白。看那大意,似在说我思路有误。不管到底对不对,反正我觉得咱们不要相互干扰。你爱多管闲事也不是今天才开始的,可惜关切过度,有失礼数。今后还请谨慎自重些吧。"

颚十郎毫不在意,又道:"我早料您定会气不打一处来。可这次事情非同一般,我必须忠告您,所以即便知道您会嫌弃,还是写信告知。可看您这样子,到底没把我的忠告当回事。没想到您竟是如此纠缠不清之人。"

"我生来喜欢纠缠,事到如今让我改也没用,我就是个执念重的男人。"

"这我倒是知道,一直和您拌嘴也不是个事。这么和您说吧,这次的案子,您有很多没掌握到的情况。"

"此话怎讲?"

颚十郎故意点头道:"正是如此,如果将这些事跟您说了,您想必会欣然接受我的忠告。无奈这些事恕我不能告知。"

藤波大怒道:"仙波先生,那你到底想让我做什么呢?先不说其他拐弯抹角的,照直把你的目的在这里说了吧。"

颚十郎怔怔地回看一眼藤波,道:"简单地说,我希望您能从本案收手,今后也不再过问。"

藤波转头对肥千道:"千太,听到了吗?先生竟说这样的怪话。他说这事不是咱掺和得起的,让咱该上哪儿凉快就上哪儿凉快去。这究竟是怎么回事呀?"

肥千笑道:"哈哈,开玩笑!据说箱根山这一带不出妖怪,咱们用不着撒。那妖怪说的不是咱们,站在那边的下巴怪……"肥千一不小心说溜,说到下巴怪立刻闭嘴。可说时迟那时快,只见颚十郎右手一震,就听"铿"的一声抽刀声,紧接着是一声"呵"的厉吼。这一记如同鞭子抽过,划开空气,随后传来一声快刀回鞘的金属音,一切都是转瞬间。藤波二人只看到颚十郎的右手微微一颤,看不出其他任何变化。

藤波和肥千都知道颚十郎剑术高妙。他们曾在冰川神社被十郎的剑术吓得心惊胆战,却也知道十郎是慢性子,没有逢人就砍的血性。肥千以为十郎又像上次那样吓唬自己,不甘示弱地笑笑,本想轻蔑地说句"你又装相",却发现自己只能发出"哇哇"声。他正喊着,嘴角挂下一条红杠,竟有鲜血往下巴上淌。

也不知那十郎是何时砍的,如何下得手,竟能不触及唇齿,从左脸颊内侧斜着上挑,在上颌划出一道浅浅的伤口。这伤口并非是刀尖触及的划伤,而是一种剑气伤。此乃拔刀一传流的丸目主水正的招式"独悟剑",只动三寸刀影,却能皮开肉绽。

颚十郎淡定地双手环抱,歪着长下巴道:"我以前当甲府勤番时,有两人在我面前不小心摸了下巴,结果纷纷送命。你可别以为我总在吓唬你。这事先不说,藤波先生,我们接着说刚才的事。"十郎换了口气,续道,"我确实喜欢多管闲事,可不说这个,至今为止我从没和您说过让您收手或别再插手的话。这次既然我开了口,还请您好好想想个中缘由。您有所不知,这次的事若您继续掺和,实在对您不利。说得再明白些,您这次在帮的那人可了不得。只说这一点,怕您还是不明白,可您也不是傻瓜。此案起因乃是继承纷争,想必您已知道。俗话说夫妻吵架旁人莫劝,这继承纷争更是蹚不得的浑水。不论站在哪一边,最后也肯定落不得好名声,一个不小心还会落入进退两难的窘境。况且这次您的思路确实有误。不仅如此,您对此案的处理很可能导致古河家十二万五千石的俸禄被废。这源次郎到底是不是乞丐之子,就算查清楚又能如何?这也算不上什么特别的功劳。"十郎有些害羞地搔搔脑袋,又道,"我说的这些听来像在说教,可我确实说了事情的前因后果。要说最根本的原因,其实是我不想您因这样无谓之事丢饭碗。再者,我也不是单单让您收手,我从即刻起也彻底与此事撇清干系。您不如看我的面子,就此干脆做个了断吧。依我看,此事就算我们不管,等时机成熟,那源次郎和萩之进也自然会乖乖回古河家去。"

藤波不给情面,断然回绝道:"那好,我知道了。我收手了,所以你也别掺和——这又不是役所公务,不过是人家找我帮忙。按说你说到这个份上,我没道理固执己见,但你动手伤了我的人,若只是提醒几句就算了,现在千太被你砍伤,我只说一句'那好'便收队回所,怎么看都像是我因怕你而收手,让我颜面何存?难得你费心提醒,不过我拒绝。"

千人悲愿

恰逢小塚原天王祭礼，千住大桥上人们分成南北两群，正在制作祭祀用的吉例大绳。深川村和葛饰村各出了一百来个年轻汉子编制毛竹粗细的大绳，他们喊着号子动手，大桥两边全是看热闹的人，摩肩接踵，拥挤不堪。

与此热闹场面形成鲜明对比的，是冈垫大福饼堤岸下粗草席上的一对乞丐父子。父亲跪地仰头哀求，孩子看来只五岁，头上的皮癣十分严重，让人不忍直视。粗草席上放着一只碗，那孩子边抽鼻涕边同父亲一起对过往行人点头乞讨。

他们就是俗称的非人，看他们面色发黑，手脚皮肤都已皲裂，身上穿的粗布旧袄，拿条粗绳扎在屁股下面。这孩子一看就是天生的乞丐相，做的事却挺奇怪——每当过路人拿出一两文铜板丢进碗里，那孩子便用带着鼻音的怪声边说"谢谢，谢谢"，边拿过铜板悄悄丢进草丛中。这动作很不显眼，却非常反常。

颚十郎站在桥头，被人流推搡着一直盯着那孩子看，忽然笑着喃喃自语道："原来如此，那就是源次郎大人吧。和我最开始推测的一样，果然在这里装乞丐呢。话说这打扮得还真像，一脸呆傻流着鼻涕，谁会想到竟是十二万五千石俸禄的继承人。这洲崎之滨的故事也好，装扮成乞丐的手法也罢，如此看来，萩之进这人年龄不大,倒真是个秀才。原来如此,了不起,了不起啊。"十郎说到这里,正色道,"既然知道人在这里,我的任务就到此结束。可他这地方选得不好,不论伪装得多巧妙,这样下去迟早会被藤波看破。萩之进不知有人在大费周章地寻人,所以才在这一带落脚,看现在这情况有些危险。我就走去他们身边,悄悄将事情告诉他吧。"

十郎说罢分开人流,绕过冈垫前下了堤岸,正要往两人身边走,忽然察觉到一股慑人剑气直逼右肩,不由得一声惊叫,条件反射地往左跑,一口气冲到堤岸下,站稳脚步,手扶刀柄猛一回头,四下竟空无一人!

只有冈垫的幡旗随风飘扬。

颚十郎擦拭着渗出的满背冷汗,变色道:"方才确实感到了逼人的剑气。若大意一分,我怕已被人一刀斩断。那居合斩乃是柳生新阴流的鹫毛落,能将这招用得如此出神入化的,全日本就只两人。一人是倍中的时泽弥平,另一人则是越前大野土井能登守的亲儿子土井铁之助利行。这后一人十年前便已不在人世,而前者时泽弥平又没有对我出手的理由……这可真是离奇。我刚才所在之处乃是堤岸入口,离冈垫深处至少十一二米,不论那人剑术有多高妙,真的可以在对我出手后瞬间跳回原处,躲进暗处?我跑下堤岸只跨了三大步,其中的间隔不过是眨两下眼的时间!可下到堤岸回头一看,人影已经不见。这怎么可能呢。如此想来,莫非是我想太多了?"可十郎马上摇头否认了自己的想法,"不不,不可能。我方才真觉得自己就要被人一刀两断了。"说着又擦擦额上冷汗,"还好无论如何事情都已过去。看这情势愈发险恶,我也不能坐视不管。这消除恶因虽好,可若是吃了方才那高手一刀,不就什么都白费啦,总之先让他们离开这里,换个地方再说。"

颚十郎说罢正待再次迈步,身边忽传来如水鸟啼鸣般的锐利声响,划破长空——不知从哪里飞出一把短刀,从后面一刀捅穿十郎的裃褂后摆,顺势绕去前方与前摆扭在一起,正好绕成一个脚铐。

十郎双脚被下摆缠住,无法迈步,不觉再次惊呼。

(糟糕,只要靠近那两人便会受人阻挠,而且对方竟是我根本无法匹敌的顶尖高手。若是在这里硬碰硬,怕会枉送了身家性命。这种时候的上上策自然是夹起尾巴跑!)

十郎蹲下身子拔出短刀丢在草地上,抱着脑袋一溜烟往川下方向逃去。

十天后,颚十郎与藤波二人对坐在向岛八百松的里座。

"如您所知,没人会把江户的洲崎写作洲崎之滨。我从石口十兵卫那里听到留言,立刻明白这是《贞丈杂记》的典故。这故事讲的是,过去有个身份地位极高之人被路过的看相僧说有乞丐之相。这位大人在掌管国家之前,为了消除恶因,去到筑前小佐岛的洲崎之滨,装扮成乞丐向渔民们讨食小鱼。据我推测那谣言怕是事实,真正的源次郎大人已在百姓家死去,而现在的源次郎是他们从路过的乞丐那里买来顶替的孩子。乞丐之子自然有乞丐之相,所以被那雪曾和尚看破并不稀奇。萩之进乃是知道事实真相之人,心中十分惶恐,想找个办法去掉这孩子的乞丐之相,于是效仿那书中的故事,做起千人悲愿[①]来,并留下一张纸条,上书'洲崎之滨'……"

藤波挠头道:"原来是这么回事。我做梦都没想到有这样的故事,一个劲儿地查验非人小孩,确实相差甚远。这次可让你看笑话了。"

颚十郎摆手道:"您也别太消沉,我不过是灵光一现偶然想到,碰巧知道这书中故事而已,并无可以骄傲自满的地方。话说回来,那堤岸被砍一事,听说您也吃了大亏?"

"那人下手可真狠,我毫无还手之力,败下阵来,什么都顾不上,只管逃命。"

"我跟您一样,一路飞奔,感觉脚都没踩在地上。话说,藤波先生,那剑气逼人的高手乃是相传已经离世的土井铁之助哩!"

"哎呀!"

"还有更惊人的呢,这土井铁之助就是那乞丐之子的生父!就是他在拜祭产土大人的归途上,碰巧遇到源次郎一行人,将他儿子卖给了家老志津之助。"

"哟!"

"这土井铁之助本可继承越前大野的四万一千石俸禄,可他为了继母,废了自己的嫡子身份,想无拘无束地度日,最终落到非人的境地。可若要追根溯源,他乃是同族的清和源氏,是从摄津守土井利胜家分出的分家,跟家主的血缘无疑比北条数马近得多了。想来这就是所谓的因缘吧,乃是天定之事,缘分到了不求自来。只剩将顶替的孩子送去申请继承家主之位就

[①] 向一千人发下恳切的心愿,用来消除恶因业报。

好,这事只要一瞒到底,总有办法顺利即位。至于数马与他伯父,想必是土井铁之助直接出面对质,在这样的事实面前,他们也无从辩驳。"

藤波咋舌道:"如此一来,我做的事可不妙啊。若是将此事彻查,岂不是断了那孩子难得的因缘。哎,这次的事我也得了个教训。这下子我全明白了,原来土井铁之助就是那时的……"

颚十郎点头道:"没错,他在自己孩子完成千人悲愿前,暗中护卫,不让任何人接近阻挠。"

"的确,我们两个根本没办法靠近呀。你途中悬崖勒马倒好,我才是真真正正的白费劲儿。这次的笑话可闹大了。"

颚十郎笑道:"您看看,所以我早说了嘛,偶尔也请听听别人的忠告。您就是太固执了。"

御代参的轿子

神　隐

子时将至。

萧瑟宽敞的书院里,南町奉行池田甲斐守与同心藤波友卫隔着一盏描着金莳绘的京提灯,默然对坐。

深沉的夜色中,断断续续地传来蟋蟀的鸣叫声。两人这样静坐已近三十分钟,其间甚至无人咳嗽。

藤波乃是公认的江户第一名捕,南町奉行所大名远扬,他的功劳占大半。纵如此,这堂堂的江户町奉行与穷酸的同心二人对坐,总归前所未闻。看这架势定是出了什么了不得的大案。

就在当天傍晚,临近曲轮①的四谷见附②附近出了件难以理解的奇异事件。

十月十三日是浅草沟店长远寺的御影供(法会)日,纪州侯德川茅承的爱妾大井娘娘与往年一样做纪州侯的代参③。她参拜完后坐上涂着棕黑漆的轿子,带着大家去猿若町的市村座看戏,一直到下午四点。看完戏,大井娘娘一行人从饭田町鱼板桥登上中坂,下午六点多穿过四谷御门外糀町口的关卡(四谷见附的四岔路口),进了上宅官邸(即现在的赤坂离宫一带)的

---
① 城池内特定区块的名称。曲轮形如城墙,内有防御阵地和驻兵设施。
② 城门外侧有卫兵把守站岗的地方。四谷见附在皇居西面。
③ 代替本人或代表家族进行参拜。

正门。从外糀町口关卡到正门不过五六百米距离,可就在这被长井小山、护城河、见附和关卡围起来、如口袋一般封闭的范围里,十三名腰元①和轿子一起,如一股青烟般凭空消失了。

在番所的记录上,确实写着"酉时上刻,纪州侯夫人一行共二十二顶轿子",可走进正门时只剩九顶轿子。奇就奇在,这十三顶轿子并未从这"口袋"中走出。

自美国总领事馆的修斯根翻译官在麻布善福寺遭袭以来,幕府增加了城中的关卡数量,傍晚六点准时关门。那之后进出者均被记录在案。

走下长井赤土山脚下的安珍坂,便是青山一丁目的权田原关卡。沿着护城河下纪伊国坂,由此穿去外樱田,则需走食违御门或赤坂御门。

往溜池方向走有赤坂见附的关卡。

往赤坂表町方向走有弹正坂的辻番所。

不论她们怎么走,总会遇到关卡和桝形②,登记查验留下记录。可现在竟找不到那十三顶轿子出入或相关人员徒步出入的任何记录。他们进关后就再没出来。

一同消失的十三名腰元有七个是"那智众"——新那智流小太刀的高手。她们常受诸侯邀请,名头很大。每年十月十五日纪州侯生日那天,这几名腰元会与同为御休息③的染冈娘娘的腰元表演比武。染冈娘娘手下的腰元皆是下町出身,根本不是她们对手。年年比武都是大井娘娘大获全胜,获得奖赏。

---

① 地位较高的嫔妃的近身侍女。
② 城门口的关卡,多为用石墙围成的方形空间。
③ 嫔妃住所的一种,皇室的妃子根据级别不同住所规格也各有不同,故用住所规格指代妃子的级别。

十月十五日近在眼前,有人依常理猜测是嫔妃争宠,也许那染冈羡慕大井得宠,为了抑制她的实力,故意将人抓到自己这里软禁起来,便派出奥年寄的老侍女,悄悄去找染冈娘娘打探,但毫无收获。东门、巽门、纪伊国坂门、鲛桥门,那一带一共十二道门,而这十三人谁都没有迈出过大门一步。

事情发展到这个地步,难免让人怀疑她们是遭了神隐①,抑或是被吸入地底。调查此事的人们瞠目结舌,面面相觑。

然而,事后回过头来想想,当天确实出了些奇怪的事。

读完《本迹枢要》、《陀罗尼品》②,准备开始献香花仪式时,坐在下座的一位名叫比和的腰元忽然轻声叫了起来,低下头去。坐在她身边的伽坊主③朝颜轻声询问,比和却回了她一句怪话。她答道:"刚刚师祖大人满目慈悲地一直盯着我看呢。"

一行人抵达市村座时已过上午十时,她们走进茶屋,过舞台边进到里屋,马上垂下帘子,抛开繁杂的礼仪开始酒宴。

那天演的狂言是默阿弥的《小袖曾我蓟色缝》,小团次演清心,粢三郎演十六夜,三十郎演大寺正兵卫,可谓是名角竞艺。

小团次正演到"勒索"的一场戏,在此起彼伏的叫好声中妙语连珠,滔滔不绝。冷不丁台下吵了起来,却是两个醉汉因误踩而争执,正在他们嚷嚷着"踩了"、"没踩"闹得不可开交时,不知从哪里传来呼喊声:"回去路上真怕人。回去路上真怕人。"

那声音如同海潮冲进洞穴般朦胧模糊,却能清楚听到总共说了三遍。这厢有人正在吵架,所以大家都没有在意那喊声。

---

① 被以天狗为代表的民间信仰中的妖怪,如山神、山姥、鬼、狐妖等抓走。
② 均为《法华经》的部分章节。
③ 削发做僧人打扮的侍女,负责传达将军的命令,通知嫔妃今晚由谁侍寝。

唯有方才那位腰元比和听了这话，面无血色道："那、那是师祖大人的声音啊。啊啊，可怕，太可怕了！"说完便捂起耳朵扑倒在地。

朝颜见此情形，调侃比和你闹什么呢，真无趣。可不知为什么，朝颜心中留下了一丝不祥之感。

大井娘娘解释道："那个叫比和的姑娘平时便浑浑噩噩的，时常绊倒摔跤。那番话也许是她将做梦当真说出来，不过也可能是她诚心修行，所以祖师大人才对她显灵，给大家启示。这事听来像是无稽之谈，我也只是顺带说一句罢了。"

在街头空无一人的午夜时分，十三人同时神秘消失，实在前所未闻。这一奇闻听得人只能吐出一句话——怪哉怪哉。

南与北

甲斐守忽然抬起头来。他是被老中阿部伊势守看重,从十小人番头①一路提到町奉行的秀才,而且刚过三十,十分年轻。他将五官周正、面色苍白的脸转向藤波,道:"不用说,这古有绘岛生岛事件,近有中山法华经事件②,名门望族御三家的女眷在外出看戏的归途中,突然有十三人下落不明,坊间难免议论纷纷。此事是关乎德川一族威信的重大案件,需趁消息还未走漏,不惜一切手段查明真相,找出那十三人的所在之处。"顿了一顿,续道,"此案并非只关乎坊间风评。其实,此事至今还瞒着茂承大人呢。你也知道,纪州侯茂承大人在各方面都严格要求,若这事传到他耳朵里,他盛怒难消自不用说,只怕两三人切腹谢罪都难平事态。阿部大人宅心仁厚,不想因为这家务事的疏忽导致多人丧命。我接到指令说此事关乎多条人命,要千方百计将人找出。时间还有明天一整天,在表演比武的十五日清早前,必须将这十三人带回娘娘身边。关于此事……"

甲斐守说到一半有些语塞,皱起俊朗的眉毛道:"本月正好轮到南町奉行所值班,可不知为何,我听说北町奉行所的播磨

---

① 负责给将军的轿子开道。
② 绘岛生岛事件和中山法华经事件(智泉院事件)都是宫斗引发的事件。

守大人也接到同样的命令。我当然十分意外,不过这次确为非常事态,这样处理想必上面也是迫不得已。然而,最近我们番所纰漏连发,总是受制于北番所。所以这次上面要求北番所加入查案,确实让人无法反驳。"他将手放在膝头,眼神平和仿佛在倾听虫鸣,忽然神色一变,激动地道:"可这一次,无论如何我们都不能输!万一又让北町奉行所抢先破案,那可真是一世之耻!我作为月番奉行也无脸继续身居此位,若此次再不成,我将辞官。怎么样,藤波,有胜算吗?还是又会被北番所的颚十郎抢了功劳?"

藤波默不作声。他的脸轮廓尖锐,仿佛被刀削过,别过狷介冷傲的脸,眼泛泪光,没有应答。

藤波与其说是有捕犯高手的风范,倒不如说是辛辣傲慢、孤僻而不讨人喜欢。原本三百六十五天就没几天心情好,最近更是格外不快。

北町奉行所与力笔头森川庄兵卫的外甥仙波阿古十郎,整天晃着个长如冬瓜的大下巴,看似一脸呆蠢,却直觉惊人,不论如何复杂巧妙的手法都能轻松破案,易如反掌。藤波每次与他比试都棋差一着,且这十郎的做法更是让人不甘——他会将自己破案的功劳原原本本地让给舅舅庄兵卫,自己则一脸若无其事地装相。

长期以来,北町奉行所一直是可有可无的存在,说到番所一定是南番所。可自从十郎进了北番所,那边忽然引人注目起来。这才没过多久,藤波那江户第一捕犯高手的名号已被三四次抹黑。

甲斐守微微一笑,笑容中带着难以言表的苦涩。他看着藤波的眼泪道:"听说那颚十郎与江户城里的众多轿夫、杂工和马夫关系十分亲密,能如活动自己手脚一般让杂工们帮他做事。他不过是在番所查旧账的小吏,竟能做到这步,真是个不可思议的男人。"

藤波猛地转过头来,嘲讽道:"他有杂工、杂役;我有同心、加役,再加上巡查、密探、无足同心、谍者和探子,一共有五百二十人。我藤波还没完蛋!"

"嗯……那后天清早前,你一定能将案情查明吗?"

"一定,我定会将此事办妥。"

"如果……食言了呢?"

藤波傲慢地回看甲斐守一眼,道:"那我藤波以死谢罪。"

降霜之晨

清晨天气寒冷,好不容易等到朝阳升天。糀町心法寺原上结了一层白霜。

心法寺靠近永田町地界,寺院围墙边散落着三顶被人砸得稀烂的天鹅绒卷网代黑的轿子。卷帘被扯碎,轿底上砸出大洞,轿棒折成两截,几乎面目全非,破坏得十分彻底。

藤波接到巡查的消息,带着一个探子踏着白霜上气不接下气地赶到寺内一看,一个松垮地单穿一件黑羽二重袷褂的男人正背对着他俩,蹲在那几顶破轿子前。

藤波略惊,停下脚步定睛一看,那不是别人,正是那北町奉行所负责翻查旧案的小吏,人称颚十郎的仙波阿古十郎。

十郎将脸凑到轿子边好像在闻气味,须臾徐徐站起,两手背到身后怔怔地仰望天空,似乎是在看天气。

藤波登时沉下脸来,他快步走到颚十郎身边,刻意毕恭毕敬地说道:"哟,仙波先生,你在看什么呢?莫非有鹰飞来?"

颚十郎含糊地啊了一声,算是应答,扭头对着藤波,一脸若无其事地应道:"您可真早呀。"他摸了摸那冬瓜般肥硕的下巴,续道,"鹰倒是没有。其实我刚刚望着天,正在想天气真好,好像能从天上下轿子似的。您看,这坏得多彻底,简直是稀巴烂。

若不是从天上掉下来摔的,怎么可能坏成这样?这么想来,侍女们果然是遭了神隐。十三个绝色佳人被鸦天狗掠走,抓到御岳山,想必正听天狗们的甜言蜜语听得耳根起茧吧。"十郎一开口,便似那油纸着了火星似的停不住嘴,边说着边蹲下身去,拾起一根鸟尾的羽毛拿到藤波面前,"您瞧,我说得没错吧。这就是证据,天狗的羽毛都掉在这里了。"

藤波额头上青筋乍现,咬牙切齿地道:"仙波先生,你还是老样子,爱打马虎眼。这是五位鹭身上掉的羽毛,你看那像天狗的羽毛吗?"

颚十郎收回羽毛,左看右看,搔搔头道:"哎呀,闹大笑话了。这根羽毛确实没有天狗羽毛的气派。话说回来,我觉得这次的事只可能是神隐。您想,如此乱砸一气动静一定不小,照理这一带的草该被踩得东倒西歪才是,可事实上却不见一点痕迹。虽能多少分辨出一些足迹,可这草叶屹立不倒又是何故?"

藤波表情十分谨慎,一双细长眼睛紧盯着颚十郎上下打量,道:"仙波先生,你快别假装不知了。这草再怎么被胡乱踩踏,经过一夜的霜打,第二天草叶照样笔直挺立。这点小事你不会不知道吧。无聊的玩笑话就说到这里,你让开让我瞧瞧吧。你若认定是神隐,那也用不着在这里找,不如直接去御岳山把那大天狗铐了回来吧?想来它们倒是与你十分相配。"

颚十郎认真地点头道:"不不,您别太抬举我了,我还没自满到那个地步。把它们铐了抓回来可要不得,不过同它们讨价还价交涉一番却不在话下。好,那我这就去了。"

像颚十郎这样爱嘲讽人的男人还真是不多。若是换作别人,藤波早已暴跳如雷,可他因为之前的遭遇,知道十郎深不可测,只能自个在那里咬牙切齿。颚十郎将和服后大襟撩起来,掖入带子后的结扣下,支着两边的袖子随口道:"抱歉,借过。"他摇摆离去的身影像极了那鸦天狗。

那天陪同藤波的是肥千的小弟——寡言朝太郎,他也极少见地变了脸色,不甘地啐道:"混、混蛋!老大平时完全不是这样,竟被他如此嘲弄!"藤波头也不回,径直走到轿子边翻翻底板、摸摸轿棒,手脚利落地勘察起现场来。

朝太郎谨慎地跟在藤波后面,边走边道:"我问句傻话,说实在的,她们真的是遇到神隐了吗?"

藤波不屑地笑道:"若真是神隐,这事反倒又好办了。可事情没这么简单,她们是被人掳走了。"

"可她们哪个关卡都没出啊?"

"不不,那十三顶轿子肯定出了关卡。不然怎么会这样把轿子丢在这里呢。"

"您说得确实有理,可各关卡都有十多个勤番镇守,犯人到底使的是什么障眼法呢?"

"只有一个办法可以做到。既然人不在关卡里边,她们只可能是已出关卡。那她们到底是怎么溜出去的呢。我稍稍一想,即刻明白了,其实道理并不复杂。昨晚正值御影供,各家寺院的法会结束后,外糀町口在那个终点,必有很多载着代参归来女眷的轿子。在正门附近追上了纪州大人的轿子,将那十三顶轿子并入自己的人马中并不困难。"

朝太郎佩服地一拍膝盖道:"原来如此!这么一听,道理确实十分明白。"

"想必是有哪位大人想要那几个那智众的高手,特意选在这天,提早与纪州大人的轿夫串通,联手犯案。千太马上就到,只要他告诉我们那时穿过赤坂青山关卡的人家,便能轻松知晓到底是谁闹出这场神隐骚动。"

说话间,肥仔千太赶到。他那身板就像是业余相扑的前头①力士,晃着肥硕的身子走近,看了看那满地狼藉道:"哟,砸得可真狠啊。"

藤波点头道:"好歹是带着纪州侯大人家纹的轿子,竟敢将它们砸个稀烂,实在胆大包天。若此事公诸于众,一定会闹得沸沸扬扬。话说,你查得怎么样了?"

肥千恭敬地猫着腰道:"是,果然如您所想。与纪州大人的人马几乎同时在外糀町口的女眷轿子,有赤坂表町的松平安芸守大人家的,外樱田的锅岛大人和毛利大人三家。松平大人的女眷从丸山净心寺归来,毛利大人的女眷是白早稻田马场下的愿满祖师,而锅岛大人的女眷则是从大塚本伝寺回来的。"

"他们三家进外糀町口关卡时各是几顶轿子?"

"这事不凑巧,这三家进关卡时正好六点不到。等锅岛大人的人马全部进关卡后,太鼓才响,关卡闭门。那时纪州大人的轿子刚到。所以,这三家的轿子数量没有留下记录。"

"嗯,知道了。那他们出关卡时是几顶轿子呢?"

"松平大人家走的是赤坂见附的关卡,出门时有二十六顶。毛利大人家走的食违御门,也是二十六顶。锅岛大人家走的是

---

① 相扑力士的级别名。

赤坂御门的桝形,一共二十四顶。"

"好。市村座那边查得怎么样了?有没有戏子出逃私奔?"

"您也知道,昨晚恰逢三座上演新狂言名剧,猿若町的大腕名角齐聚一堂,入夜后更是欢闹非凡。市村座也不例外,从太夫元到役者、狂言方和打杂小工全聚到三楼,大摆酒宴,人头很齐,一个不少。要说市村座那里的怪事,听说纪州大人家曾为十五日的表演向市村座订了假发和衣服,还请了伴奏师父。除此之外,我还听说了一件怪事。"

"什么事?"

肥千满脸欣喜道:"这事说来有些傻气。"

"别卖关子,快说。"

"就是有人听到祖师大人声音那事,当时清楚听到说话声的有八九人。"

"然后呢。"

"每个听到的都说那祖师大人有很重的佐贺口音。老大,祖师大人的出生地乃是安房小凑,他说话带佐贺口音有点怪吧?"

藤波目光犀利,似乎想到了些什么,突然傲笑道:"这一来我彻底有底了。原来如此,若是那潇洒爱玩的锅岛闲叟侯,确实可能干出这样的事。你也知道吧,那齐藤派无念流的剑豪齐藤弥九郎,被闲叟侯珍重地派人带豪礼登门拜访,好不容易就要将他请到手了,却被纪州侯半路将人抢走。这次应该是对剑豪被抢一事的报复吧。"

藤波说罢抬头望天道:"哦,快十二点了。我们的时间也不多了,我这就潜入闲叟侯宅邸仔细调查一番,写好详细的复命书。朝太郎,你今晚来御用部屋的窗下接信,等天一亮立刻送去甲斐守池田大人的宅邸,明白了吗?千太,你去役宅将事情跟大家说了,若是明天十二点我还没回来,就让组头来找我。要闯进脾气暴躁的佐贺人的领地,想必是无法全身而退了。"

御轿大盗

"我说组役小哥,我好像没怎么见过你嘛,你以前是混哪条道上的?"

"我以前在西丸的新组,嘿嘿,稍微犯了点事儿,所以才……嘿嘿,还请您今后多多担待呀。来来,再来一碗。"

"怪不好意思的,哟,够了够了,太满了。哎呀,这可不好,这么满喝不了啊。"

"哪儿的话呀,您别客气,咱交个朋友。来,再来一碗,爽快干了吧。"

琴平町的天神横街,一家防雨油障子上画着葫芦和马驹、名为铁拐屋的居酒屋里。①

一个徒士②或门卫模样的秃头男人喝得酩酊大醉,眼看就要歪倒下去。正给他劝酒的是藤波友卫,只见他换了发型,穿着轿夫半缠和粗稻草鞋,怎么看都是如假包换的一介轿夫。

"门卫大人,昨天应该有代参进出吧,那到底是几时呀?"

"代参是哪家的代参啊?"

"要说代参,当然是大塚的本伝寺啦。"

---

① 日本俗语"葫芦里出马驹"比喻意外之地出现意外之人,据说源自八仙之一的张果老会将毛驴收入葫芦里面。店名铁拐屋则是出自铁拐李。
② 没有骑马资格的下级武士。

"哟,你知道得可真清楚。要说那家的,一共十四顶轿子。"

"这可真是怪事。我当时在窗边无意数了数,回来时的轿子数量好像变多了不少吧?"藤波故意装傻问道。

"这我就不知道了,你说的什么时候呀?"

"六点半左右吧。"

那人忽然来了劲儿,道:"啊,那我记得可清楚了。那时我正好在哼净琉璃小曲呢。"

"我数着记得是二十四顶轿子。"

"对对,就是这个数,二十四!要说为什么,我当时正好在哼二十四孝呢,所以记得格外清楚。"

"您确定是二十四顶?"

"确定确定,就是二十四顶。我能翻出门账来给你看,没错,准没错……"

藤波冷冷地看着那人醉倒,抽身走去里面的屏风后边,借来纸笔仔仔细细地写了一大篇,将信封好后塞进腰带内,出了居酒屋。

那之后小半刻,藤波出现在了徒士长屋后面。他悄悄走到轿子间附近,蹲在房檐的阴影中,看准四下无人便快步走到门边,将塞在腰间的手巾放到天水桶①里浸湿,拿它缠上了角锁的把手,一转两转,门锁便咔嚓一声开了。藤波正要开门,忽然有两个杂工从暗处闪出,一把拽住藤波的衣襟,喊道:"喂,这小子把轿子间的房门给撬开啦!"

一个杂工往杂工宿舍方向去,边跑边喊。不一会儿,一下

---

① 用于存放雨水的容器,当时用来消防灭火。

子涌出十二三个杂工来,从四面八方将藤波团团围住。

藤波暗想不妙,可此时暴露身份只会将事情闹得更大,他本想放弃挣扎任由他们处置,忽然有人分开嘈杂的人群走来。那人正是颚十郎。他方才大概是在杂工宿舍里小睡吧,睁开一双睡眼,好像眺望月光似的看了看藤波,一脸敬佩地晃着长下巴道:"没想到会有贼盯上这轿子间,真是奇怪的小偷。咱们也开开眼界,好好瞧瞧这贼人长的什么样吧,把他带到屋里去!"

"好!"

杂工们也都好奇不已,七手八脚地把藤波拽进房,将他掰成大字按在地上。

颚十郎悠悠地道:"说不定他带着什么有趣的家伙哩,先扒光他衣服搜搜。"

杂工们上前将藤波的衣服扒个精光,其中一人从腰带里翻出方才那封信来,道:"先生,有这个呢。"

颚十郎接过来随口念道:"写的什么来着,至池大人,藤敬上?这是大师流的手法,字倒写得不错。看来这小子会写字啊。这字迹还真不像是一介轿夫能写出来的。"

周围的杂工们哄笑起来,问道:"先不说这个,这家伙怎么处置啊?"

"别管他,拿根绳子把他绑了丢到墙角,等明早赏他一百大板打发了便好。"不一会儿藤波已被五花大绑,好像只结草虫。十郎见状道:"好了,你们先回避一下,我跟这家伙问个话。"

轿夫一边咋咋呼呼地说着"先生还是老样子,好奇心重啊"边走去别的屋子。

颚十郎走到被丢在板之间①正双眼紧闭的藤波身边,蹲下道:"藤波先生,睡在这里感想如何?是不是还挺舒服的?"

藤波一脸不甘,也不回话,只顾咬紧牙关。

颚十郎大笑道:"哎哎,您也别太生气。我和您也不知是什么缘分,总在意想不到的地方碰上。虽说此乃英雄所见略同,可说句心里话,其实有些烦腻。您至今没碍着我什么,可这次南北两番所针尖对麦芒,正是一争高下的重要关头,您这样偷偷摸进门来真让我大伤脑筋。您可别怨我,这次对不住,只能让您在这里躺到明天天亮了。"

藤波仿佛是死了心,沉默不语。

颚十郎的口气依旧淡定泰然,道:"话说藤波先生,我也不想做得太过分,起码能帮您把这封信发给池田甲斐守。"

"⋯⋯"

"我也是堂堂男子汉,一言既出驷马难追,您意下如何?"

"⋯⋯"

"要不我帮您把信撕了?"

"⋯⋯"

"您不回话,我就当您同意把信撕喽?"

藤波的嗓音又涩又细:"请⋯⋯发出去。今晚十二点,会有探子到御用房间窗下取信。麻烦你⋯⋯把信给他⋯⋯"

一滴不甘的泪水从他的眼角滑到脸颊上。

---

① 只铺木板没有榻榻米的简陋房间。

切　腹

虽说免了一百大板,可藤波却没少挨杂工们的拳头。他被踢出大门时已是清晨六点半了。

他强忍满腔怒火,卷起裤脚吹着晨风走过三年町大街,只见肥仔千太从横街一路小跑,正往自己这里赶。肥千跑得大汗淋漓,头上冒着蒸汽道:"哦,老大,您来得正好。您查得怎么样,和之前预想的完全不同吧?"

藤波拉下脸道:"胡说什么呢,确实是大塚本伝寺的代参轿子。出门时十四顶,回来变成二十四顶,正好多十顶,错不了。"

肥千一点没听进去,接话道:"先不说这个,刚才这条您可没写进给主公的复命书里吧?"

"不,我详细写明了,趁昨天深夜将信发出,现在该寄到了。"

肥千登时变色道:"什么?这可不得了了!"

"怎么,出什么事了?"

肥千惊慌失措道:"您、您这推断完全不对!那十三个腰元哪个关卡都没出,她们其实走了安珍坂附近的不净门进了宅邸,被大井娘娘给藏起来了!"

藤波瞬时面无血色道:"这事,你从哪里听来的?"

"因为最近太冷,我去稻荷下的浊酒屋喝一杯。正喝着,店里进来两个手艺人打扮的轿夫,穿得不相称,十分奇怪。我无意间在他们的对话中听到了令人在意的内容,便心一横正面出击逼问了一番,他们便说了方才我说的那些。将空轿子抬到心法寺原砸烂的也是他们。"

"可锅岛家的轿子数量……"

"正是搞错了这点!我将两人抓去辻番所关好,马上冲到赤坂御门,仔仔细细地反复翻看了出入记录。哎,这霉运一来真是挡都挡不住。从本伝寺回来的十四顶轿子回赤坂今井谷,与锅岛大人的十顶轿子正好在御门前相遇,门卫看混了,便记成'锅岛大人一行二十四顶'。其实谁都没错,只怪我们点儿背。今井谷离赤坂御门很近,我马上赶去调查,结果发现锅岛大人的代参女眷轿子不多不少正好十顶,出寺时临近六点……"

藤波顿觉天旋地转,摇晃着退了两三步,一屁股坐在结着白霜的土堤上,拿双手捂住脸。

肥仔千太喘着粗气道:"老大、老大,这可不是您一个人的事,主公也要跟着丢大脸,而且是在各位老中面前出洋相,错将锅岛闲叟侯认定为这次的犯人。这可不是罢官这么简单,轻则判闭门思过,要是重罚怕是要切腹谢罪啊!现在可不是让您蹲在这里消沉的时候!这才六点半刚过一点,拼一把说不定还能赶上,赶快趁主公还没入将军城拦住他,快快!"

藤波惨白的脸上开始泛红,他眼神狂乱,起身道:"说得对!现在没时间消沉,别管我,别管我,得想办法救主公……"他喃喃自语般念叨着,飞也似的跑了出去。

藤波在佐久间町路口叫来一顶三枚轿子,全速赶到数寄屋桥内的甲斐守宅邸，却被告知甲斐守刚进将军城。

至此，事情已是无力回天。

藤波颤声说他想在这里等主公归来，便去侧书院候着。他做好觉悟，想最后看一眼从将军城内出来的主公便切腹谢罪。

此时，藤波心头百感交集，脑中反而一片空白。他端坐着眺望庭院，只见假山下有棵盐肤树叶片泛红，枯叶随风飘舞。看着那枯叶，就仿佛看到了临终前的自己。

四小时后，临近正午，有人报信说主公从将军城内出来了。

藤波心想，自己生来傲慢，死时也得保持风骨。就在他耸着肩膀暗暗准备之际，甲斐守兴高采烈地进屋，还未落座便夸赞道："哎呀呀，藤波啊，你真不愧是江户第一名捕，这次也干得漂亮，值得表扬！"

甲斐守满面春风，喜形于色，随随便便地坐下说道："今早我一接到复命书，马上汇报给阿部大人。你说她们若是没出关卡，就一定还在关卡之内。若是在关卡之内，则必是在纪州大人府上。既然十二道门都没留下出入记录，那定是走了第十三道门，即不净门。她们的轿子偷偷抬进不净门后，被自己的主上井上娘娘藏匿起来。此事的缘由是纪州侯生日献艺忽然改了内容，井上娘娘眼看比演戏自己没有胜算，被逼急了，便想出这神隐把戏。你这番推断真是明察秋毫。北町奉行提交的复命书和我们的内容几乎一样，不过你的复命书比他们早四小时送到。阿部大人也佩服不已，夸你查案断案已到出神入化之境。真高兴啊，你别愣着呀。"

甲斐大人唰地打开白折扇，高高举起。

藤波只觉得四面的榻榻米高卷起来,自己被包裹在当中,他一时失神,重重地将脑袋垂到胸口。

颚十郎躺在瘦松屋子里,照例扯着闲话。

"草地上挂满了白霜,可那轿子上却没有结霜的痕迹。哈哈,我立马知道那肯定是今天清早关卡一开就运到这里来的。可为什么犯人要这么干呢?再看那轿子,全被砸个稀烂,好像故意搞得不是人类所为,这表明犯人想让这次失踪看起来像是神隐。可让我想不透的是那大井娘娘的态度。换作平时,她一定会一口咬定是染冈娘娘干的,大吵大闹,可这次却搬出祖师大人和启示,每次说的话都模模糊糊云里雾里。我料定其中有猫腻,便去市村座调查,那里的人说娘娘要比试演戏,所以让他们在十五日早上之前准备好一套戏服。听到这里,我就全明白了。原本当着你这个娘娘腔的面我不该这么说,可这女人办事儿就是细致。哎呀,真是可怕。师祖大人在看,师祖大人说回家路上可怕,结果遇上了神隐。这种故事可不是五大三粗的汉子能编出来的。"

瘦松害羞道:"您爱怎么说就怎么说吧,反正我就是个娘娘腔。哼哼,不说玩笑话。那您怎么看破是大井娘娘将人藏起来的呢?"

"看破?这有什么看破不看破的。人不可能凭空消失,肯定在某地待着呢。不用说,相比不留痕迹地出关卡,躲在宅邸里要容易多了,何况这不净门没有门卫。用不着去各个关卡查验,我当时就想明白了。这个案子凑得太巧,反而穿了帮。若是他们不把轿子抬出来砸坏,我说不定还要再多花点时间呢。从市村座回来的路上,我拐去锅岛家的杂工房间串门,正好遇到藤波假扮轿夫在轿子间前晃悠。我知道锅岛家的轿子数量,很快明白那家伙的推断错在何处。若指责锅岛大人是犯人却被推翻,奉行和藤波都要切腹谢罪。这个月又不是我们当班,我也无所谓功名,便将藤波绑了,不让他胡乱探查,写了一封假信发给了南町奉行。"十郎说罢,从怀中掏出一封信来,"要说藤波这家伙的倔劲儿,总不会是千锤百炼出来的吧?你看看这个。"

　　瘦松接信一看,只见信上写着:"救命之恩永难忘,但我绝不会因此屈服。有机会再一决高下,届时定将你打得落花流水!"